呪術廻戦《じゅじゅつかいせん》

夜明けのいばら道

芥見下々《あくたみげげ》
北國《きたぐに》ばらっど

JUMP j BOOKS

呪《じゅ》術《じゅつ》廻《かい》戦《せん》
人《じん》物《ぶつ》紹《しょう》介《かい》
呪術高専《じゅじゅつこうせん》一年《いちねん》
虎杖《いたどり》悠仁《ゆうじ》
呪術高専《じゅじゅつこうせん》一年《いちねん》
伏黒《ふしぐろ》恵《めぐみ》
呪術高専《じゅじゅつこうせん》一年《いちねん》
釘崎《くぎさき》野薔薇《のばら》

呪術高専《じゅじゅつこうせん》 二年《にねん》
狗《いぬ》巻《まき》 棘《とげ》
呪術高専《じゅじゅつこうせん》 二年《にねん》
究極《アルティメット》メカ丸《まる》
呪術高専《じゅじゅつこうせん》 二年《にねん》
禪《ぜん》院《いん》真《ま》依《い》
呪術高専《じゅじゅつこうせん》 補助監督《ほじょかんとく》
伊《い》地《じ》知《ち》潔《きよ》高《たか》

呪術廻戦《じゅじゅつかいせん》

夜明けのいばら道

第１話　野《の》薔《ば》薇《ら》と棘《とげ》　9

第２話　此《こ》処《こ》に在《あ》らずとも　49

第３話　浅草《あさくさ》橋《ばし》哀歌《エレジー》　95

第４話　幽《ゆう》往《おう》舞《まい》進《しん》　127

第５話　散《さん》歩《ぽ》道《みち》の後《あと》に　171

第1話　野薔薇《のばら》と棘《とげ》

[redacted]

[redacted]

[redacted]

[redacted]

「――棘《とげ》について？」

八月のはじめ。

校庭の木にぶつかる形で、１８０度ひっくり返った状態の釘崎《くぎさき》に、パンダは首をかしげながら聞き返した。

交流会に向けて、伏黒《ふしぐろ》も交えての一年しごき。

主《おも》に格闘戦、即《すなわ》ち人対人の対術師戦闘を想定した訓練の最中のことだった。

訓練とはいえ、今のところ釘崎がパンダに向かっては投げられ、向かっては投げられを繰り返している段階。だがモチベーションは高いようで、それに関しては結果的に焚《た》きつけ役となった東堂《とうどう》、真依《まい》のちょっかいが功《こう》を奏《そう》した形となった。

「そう。真希《まき》さんが尊敬出来ることは分かったし、パンダ先輩が実力ある呪術師だってことも分かった」

「俺のことも真希みたいに呼んでいいんだけどなぁ」

身体《からだ》を起こし、ジャージについた木の葉を払いながら、釘崎は応《こた》える。

「尊敬はしてるわよ。でもパンダさんって呼ぶとメルヘン臭《くさ》いじゃない」

「まあ、ぶっ飛ばされながらでも雑談出来るようになったのは褒めてやるけど」

「あんだけぶっ飛ばされりゃ受け身くらい覚えるわよ」

「ほーん、で」

パンダはあたりを見回し、薬局に行った棘が帰ってきてないことを確認する。

それから再度向かってきた釘崎の打撃を捌《さば》き、難なく受け流しながら平然と話を続けた。

「棘がどうしたって？」

「どういう先輩なのかなって話よ」

「え、話してて分かんない？」

「分かんないっつーの。いや悪い人じゃないのは分かるけど、語彙《ごい》がおにぎりの具じゃ限度あるでしょ」

「俺らもう慣れ過ぎたからなぁ。なあ真希」

「ああ、言われてみりゃ当然の疑問か」

真希は棒状の呪具をくるくると回し、伏黒の攻撃をひらりと避け、頭にこつん、と軽く一本お見舞いする。

「いって……」

「まだ頭で考え過ぎなんだよ、オマエは」

呻《うめ》く伏黒を尻目に、真希も会話に参加する。息が切れた様子は微塵《みじん》もなく、パンダに輪をかけて平然としていた。

「私らの中じゃたぶん、一番面倒見がいいんじゃないか」

「ああ見えて根は明るいよな。憂太《ゆうた》を除けば同年《タメ》じゃ一番の善人だろ」

「少し悪ノリするのが玉に瑕《きず》だけどな」

「あいつそんな悪ノリする？」

「一緒になって悪ノってるほうだからわかんねーんだよオマエは」

「心外だなー、俺らのは悪ノリじゃないよ。ノリがいいんだよ」

釘崎とて、訓練しながら雑談出来る程度には体力がついてきた。それでも、難なく他愛のない会話を交わせる二年生たちは、八月の釘崎には遠いステージの存在に思える。

ほんの少し、パンダの注意が真希との会話に向いたとみるや、釘崎は左右のフェイントを織り交ぜてアッパーを試みたが、

「ま、とにかく――」

「げっ」

パンダは難なくスウェーでそれを躱《かわ》すと、ソバットじみた動きで釘崎の足を払う。

軸足を崩された釘崎はぐるぐると回転しながら倒れたが、身体はしっかりと受け身を取った。ここ数週間で、考えずとも出来るようになった動きだった。

とはいえ、受け身が取れたとて勝負に勝てるわけではない。

憮然《ぶぜん》とした顔の釘崎を見下ろして、パンダは口を開いた。

「善《い》い奴だよ、棘は。そのうちオマエも分かるだろ」

「……あ、そう」

それより、受け身は取れても背中が痛い。

いい加減転ぶ頻度を下げないと、ジャージの買い替えが必要になるなと、夏の釘崎は憂鬱に思っていた。


話の続きは秋になる。

八十《やそ》八橋《はちばし》の事件を過ぎて、束《つか》の間の暇《いとま》があった。

その日、釘崎は一人で渋谷《しぶや》にいた。

伏黒は無理をした疲れが残っているため、部屋に籠って読書。

虎杖《いたどり》は単館上映のマニアックな映画へ出かけた。

真希は八十八橋とは別件の任務で、しばらく会う都合もついていない。すっかり予定の空いた釘崎は、男子と一緒では行きにくい化粧品や衣類、日用雑貨の買い出しを目的に出かけていた。

「冬物上下に冬靴に、インナーとファンデと……」

両手に提げた紙袋を持ち上げては、本日の釣果《ちょうか》を確認する。

買いこみ過ぎたとは思わないが、今日は予定より長く歩いた。先日購入したピンヒールのブーツを履いてきたのは、少し失敗だったかもしれない。

けれどたまに訪れた、一人で買い物の機会。まだまだ欲しいものがある。

次はバッグでも見に行くか、なんて考えながら、釘崎は雑踏の中を歩いていく。

東京《とうきょう》に来たばかりのころは、物珍しさに煌《きら》めいていた景色。それも三か月も過ぎれば随分慣れて、騒がしさが耳につくようになる。

とはいえ、それは賑わいと活気の裏返し。都会の味わいとも呼べるものだ。

「でさぁ、マジそれが傑作で」「腹立つったらねぇよな」「ねぇねぇ、お姉さん一人？　暇？」

「今急いでるんで」「しゃけ」「新装開店です、よろしくおねがいしまーす」「食べないんですか?」「どんだけ食うんだよ」「くそダルいわー、今日フケない?」「ママ、アレ買ってー!」

数多《あまた》の声。数多の生活がぶつかる交差点。

人の数だけ日常があり、人の数だけ世界がある。多くの意思や声が飛びかう街を、鬱陶しいと感じる者もいるだろうが、釘崎にとってはそうでもない。

確固たる自分を持つ彼女にとって、誰もが自分らしく生きることを許されているような都会の喧噪《けんそう》は、優しいものとすら感じられた。

思えば——故郷の村は、息苦しかった。

右に倣えの排他主義。個を個として認めないことで、長らえてきた生態系。緩やかに腐っていく閉じた世界こそが、あの村であったと釘崎は思う。

それに比べて都会の雑踏には、厳しくも自由が存在する。

都会は他人への関心が薄いと誰かが言う。大いに結構と、釘崎は笑う。彼女が彼女であることを、誰も咎《とが》めはしない。自分の足で立って歩いていける。

雑多な都会の在り方が、釘崎にとっては心地よい。

けれど、そんな雑多な町の休日には、奇妙な縁もあるもので——、

「んん?」

渋谷ヒカリエ方面へ向かって歩いていた釘崎は、通りの対岸に、何やら覚えのある顔を

見つけた。過剰なほどしっかり閉じられた襟で、口元の下半分は隠されていたが、そんな知り合いは一人しかいない。

狗巻《いぬまき》棘だ。

それにもう一人。こちらは見覚えなどあるはずもない、外国人観光客と思《おぼ》しき碧眼《へきがん》の男性。外国人と狗巻という取り合わせに、釘崎はどうも興味をひかれた。

「なに話してんのかしら」

釘崎は行き先を変えると、タイミングよく信号の変わった道路を横切って、狗巻のほうへと歩いていく。すると近づくにつれ、二人の会話が漏れ聞こえてきた。

「I'd like to go to SHIBUYA109」

「しゃけしゃけ」

「Could you tell me where I can get a taxi?」

「すじこ」

「Ah……Which way should we go?」

「こんぶ」

「Ah……ワタシ、行キタイ。イチマルキュー。Please. OK?」

「しゃけ」

「Shake?」

「……サーモン」

「…………Salmon!?　Why!?」

「おかか……」

「ええ〜〜……」

何やら、釘崎の想像の十倍は面倒臭そうなことになっていた。

呪言師である狗巻が、呪いの暴発を防ぐためにおにぎりの具でしか話せないのは知っている。それがなぜ、よりによって外国人観光客に道を聞かれることになるのか。

いや、狗巻も狗巻で指をさしたり、身振り手振りで道を示している。これは外国人のほうも熱くなっているのだろうなと、釘崎は二人に割って入ることにした。

「何やってんのよ先輩」

「ツナマヨ」

「ツナマヨじゃないわよ。ったく」

「Oh!　Geisha girl!」

「誰がゲイシャガールだっつーの」

会話の内容からだいたい外国人の目的を察していた釘崎は、「レフト」「ライト」「ストレート」「ガッデム」の四つと指さしだけで、どうにか目的地が駅の向こう側であることを伝えることが出来た。

ようやく道筋を知ることの出来た外国人は、「カタジケノーゴザル！」などと手を振りながら歩いていった。正直、彼も少し変な人だったと釘崎は思う。

「しゃけ」

「あのねぇ、筆談とかスマホでマップ見せるとかやりようあったでしょ」

「すじこ」

「………」

釘崎は、狗巻と知り合ってもう三か月ほどになるが、未《いま》だにそのおにぎり語について理解しかねる所があった。

伏黒はどうやらある程度理解出来ているようで、虎杖もノリでいけるらしい。

二年生組は言わずもがな。釘崎としても組み手を手伝ってもらった手前、知らない仲ではない。

京都校《きょうと》の虎杖殺害計画——証拠は残っていないが——の際にも、会ったばかりの虎杖を心配していたくらいだから〝悪い人ではない〟と分かってはいる。だが、やっぱり語彙がおにぎりの具オンリーでは、人となりを判断するのにも限度がある。

真希が尊敬出来る先輩であることは間違いないし、組み手の相手になってくれたパンダとて頼りになることは分かっている。そんな二人が口をそろえて〝善い奴〟と評するのが狗巻である。

それでも——この狗巻という先輩個人のことを、釘崎は未だに摑《つか》みかねている。

要は相性の問題なのだ。

会話重視というか、基本的にハキハキズバズバとものを言う釘崎にとって、返事が全ておにぎりの具の狗巻は、正直やりにくさがあった。

釘崎は別に、親しい相手に強い言葉を使いたいわけではない。

身内への歯に衣《きぬ》着せぬ物言いは、変に気を遣わなくていいという信頼感の上に成り立っている。だから会話の成立が分かりにくい狗巻は、若干苦手なタイプというのが正しい。

ただ、決して嫌いなわけではないから、キツく当たりたいわけでもない。

結果として微妙に言葉を選ぶ意識が働くのだが、そこで気を回す自分が気持ち悪くもある。言葉とは、外に表現する魂の形。それを無意識に歪《ゆが》めてしまいたくはない。

その微妙な感情と感覚の兼ね合いが、居心地の悪さとなって釘崎を苛《さいな》んでいた。

「まあ、いいけど。今度から面倒そうな人に話しかけられたら、さっさとスルーすることね。それじゃ私、買い物の続きがあるから」

「高菜《たかな》」

「はいはい、高菜高菜」

意味はまったく分からないが、去り際に言われたので釘崎はそう返事した。

ところが、そのまま歩き出そうとした肩を、狗巻に摑んで止められた。

「……ちょっと、何？」

「おかか」

「いや、おかかって言われても」

何やら身振りつきで、首を振る狗巻。

その態度からなんとなく、買い物を続けることを止められている気はするのだが、その理由がさっぱり分からない。

強《し》いて言えば「暗くなる前に帰れ」というところだろうか。釘崎が読み取れるのはそのくらいなもので、おかかオンリーでは詳細が分からない。

心配されていることだけは分かるので、釘崎はとりあえず、笑ってみせた。

「大丈夫よ。まさか深夜まで遊び歩いたりしないってば」

「高菜」

「はいはい、そっちも遅くならないようにね」

呼び止める狗巻を尻目に、再び雑踏の中へと歩き出す釘崎。

「おかか……！」

狗巻はもう一度手を伸ばしたが、横から歩いてきた老婆にぶつかってしまう。幸いケガはなかったものの、老婆が横断歩道を渡るのを手伝っているうちに、釘崎をすっかり見失ってしまった。

◇

ビルを横切って角を曲がって。

人の行きかう波の中を、釘崎は悠々と歩いていた。

時折声をかけてくる、チラシ配りやティッシュ配りを躱《かわ》すのもお手のもの。一所懸命バイトご苦労様、と心の中で唱えながらスルーしていく。

ところが、

「ちょちょちょちょ、すーみません。ちょっとお時間いいですか？」

「ハァ？」

不意に、えらく強引なキャッチが現れた。

釘崎の行く手に堂々と立ちはだかる形で、進行方向を遮って、長めの金髪に顎鬚《あごひげ》を蓄えた、スーツ姿の男。細身だが、焼けた肌は引き締まっていて、笑うと白い歯がやたらとまぶしく浮いて見えた。

「何よ。モデルの勧誘なら間に合ってんだけど」

「いやいやそう仰《おっしゃ》らずに。私、こういう者でして」

差し出された名刺を、釘崎は紙袋を提げた右手で受け取った。名刺は出されたら受け取るもの、という文化的刷りこみは、日本人の多くに根付いている。

「私、その名刺に書いてあります通りHプロダクション、ファッションモデル事業部に勤めております、鶴瓶《つるべ》加也《かや》と申します」

「Hプロの……モデル？」

釘崎は名刺を見て、鶴瓶と名乗った男を見て、もう一度名刺を見る。

「え、マジ？　スカウト？」

「スカウトと考えていただいて構いません。強引なやり方とは思いますが昨今《さっこん》、モデル界隈は常に人材確保でしのぎを削っておりまして……こうして一際光る資質を持つ、アナタのようなダイヤの原石にお時間を頂いております」

——Hプロ。モデル。ダイヤの原石。

夢を見せるような言葉の羅列に、鶴瓶なる男はさらに言葉を重ねていく。

「現在、我々のプロダクションでは〝キュート&パワー〟を次代のキーワードとして打ち出しておりまして、アナタはそのイメージにピッタリで」

「ふ、ふーん。なかなか見る目あんじゃない」

「よろしければぜひ、少しだけでいいのでお話を聞いていただきたいのです。アナタはまさにダイヤの原石と言っていい。いえ、お忙しいというのは分かっているのですが、一度お話だけでも聞いて頂くのがアナタの将来のためにも、絶対いいと思うんです。アナタなら次代のジェニファー・ローレンスになれると、確信しております」

「へ……へえー………そこまで言うなら、話くらい聞いてもいいけど」

「流石《さすが》！　アナタなら賢明な判断をしてくれると思っておりました！」

――わざとらしいくらいのベタ褒め。

とはいえ、有名プロダクションの肩書を持つ者からストレートに褒めそやされる快感、都会を歩けば一度は妄想するようなシチュエーションの実現は、大げさであれば逆に「もしかしてマジなのか？」と思わせる力がある。

「荷物もありますし、道端で話すのもよくありませんね。どうぞこちらへ。腰を落ちつけてお話ししましょう」

鶴瓶が手で促すと、釘崎は妙にのったりとした足取りで歩き始めた。

Hプロのモデル。いい響きではある。

呪術師とモデルの兼任なんて現実的ではないが、訪れたチャンスをさっさと払いのけるのももったいない。話のタネくらいにはなるかもしれない。

釘崎は不思議と、男の言葉を〝信じてみてもいいか〟と思い始めていた。

妙にぼんやりした頭を揺らしながら、釘崎は促されるままに路地を歩いていく。

その足が自分の意思で動いていると、その時点では疑うことはなかった。


意識が鮮明になったのは、それから十数分は後のことだった。

きっかけは、後ろ手に縛られたことだろう。

釘崎はそこでようやく、状況の異常さに思い至り——気づけば、とても芸能事務所とは思えない、ビルの一室に座らされていた。

簡素な机が一つと、書類棚。

壁にも、床にも、べたべたベタベタ、所狭しと札が貼られている。一目見て、呪術に関わる者の用意した空間だと理解出来た。

「………何してくれてんだテメェ」

「あ、正気に戻った？　つーかクチ悪いね、君」

鶴瓶は机に腰掛け、葉巻をナイフで切りながら釘崎を見て、それから釘崎の背後へと視線を向けた。

「だから慎重にやれっつったろ小泉《こいずみ》ちゃん。拘束が雑過ぎて逆に違和感持たせちゃったじゃん」

「ご、ごめんよ鶴瓶サン。だってこの女、金槌《かなづち》とか持ってて怖かったし」

背後には、小泉と呼ばれた当人だろう男が立っていた。

筋骨隆々とした巨軀《きょく》。体つきだけなら、あの東堂よりも大きいだろうか。まるでプロレスラーのような筋肉と、やけに気弱そうな所作《しょさ》がミスマッチに見える。

「まあ念のための心配はしてたけど、まさかこんな簡単に意識が覚醒するとは思っていなかったのも事実。釘崎ちゃんだっけ。君どんだけ自我強いの。ちょっとヒくね」

「あぁ？」

こめかみに青筋を立てながらも、釘崎は状況がよくないことは理解していた。

椅子に座らされた姿勢、背もたれに引っ掛ける形で縛られた両腕。袖の中の感触が、やけにスッキリしている。金槌と釘、それに人形は奪われたと考えていい。

「ていうか、なんで私の名前……！」

「君が自分で教えてくれたんじゃん。ま、覚えてないよね」

鶴瓶なる男はテーブルの上から、見下ろすような角度で釘崎へ顔を向ける。窓から射《さ》す西日で、表情は見にくいが、軽薄な笑みを浮かべているように見えた。

「安心して釘崎ちゃん。俺らはね、別に危害を加えようってんじゃない。君とお話ししたいだけなんだよね」

「ハア⁉　そんなセリフ誰が――」

「ね、信じて？」

反射的に怒鳴ろうとした釘崎だったが、頭を満たした怒りが湧いた瞬間に消えるのを感じた。むしろ鶴瓶の言う通り、安心感を覚えている。鶴瓶の言葉を〝信じたい〟気持ちになる。

それを異常だと思う理性は働いている。

なのに釘崎は、警戒したいのに疑いきれない。自分でも理解しがたい精神状態に陥っている。

それでもまだ、釘崎は己《おのれ》の中から闘争心を呼び起こすことは出来た。

「ヘラヘラしてんじゃないわよ……！」

両脚の拘束が為《な》されていないことに気づくと、釘崎は一切の躊躇《ちゅうちょ》なく、反動をつけて立ち上がった。

上半身は椅子に括《くく》りつけられているので窮屈この上ないが、だったら一石二鳥。括りつけられた椅子でぶん殴ればいい。

釘崎は体を回転させるようにして、椅子の足で鶴瓶を殴りにかかった。だが——、

「さ、させないから」

バキン、と硬質な手ごたえとともに、壊れたのは椅子だけだった。

鶴瓶と釘崎の間に、小泉と呼ばれた男が割って入っていた。釘崎は全力で椅子を振りぬいたが、小泉にダメージが通った感触は一切ない。

「チッ」

むしろ体躯の小さい釘崎のほうが、床に転がる結果になった。即座に姿勢を立て直そうとするが、椅子が邪魔で、横になったままもがく形になる。

「ダメだよ釘崎ちゃん。小泉はフィジカルだけは一流だからね。複雑な術式はダメダメだけど、筋肉と、呪力による皮膚硬化の術式。盾としちゃ一級品だ」

「じゃあテメェの頭を先にカチ割ってやるよ」

「おお、怖いね。でもそれ、絶対無理」

その言葉だけで、釘崎は抵抗の意思が萎《しぼ》んでいくのを感じた。かろうじてその目に敵意だけは宿しているが、目の前の男たちに〝勝てる〟ビジョンがまったく浮かばない。

クックツと笑いながら、鶴瓶は指をタクトのように振る。

「あのね、よく聞いといたほうがいいよ。俺の術式は〝呪言〟なんだよね」

「――呪言、って……」

釘崎の脳裏に、狗巻の姿が浮かんだ。釘崎とて、呪言の厄介さは知っている。接近戦に強い小泉という男と、呪言師の組み合わせは、極めて悪い状況に思える。

「ああ、でも狗巻家みたいなエリートじゃないんだよねウチは。あんな強制力も万能性もないし。増幅装置がなけりゃ雑魚《ざこ》もいいとこだから安心して」

「増幅装置……？」

「君に名刺渡したでしょ。あれ、〝釣瓶下ろし〟っていう樹齢ウン百年の呪樹から作った札で、俺の舌の呪印とリンクしてる。この部屋も同じ一本の木から作られた札を、壁紙とか至る所に貼ってんの。その全部が俺の舌みたいなもん……この部屋自体が、手間かけて作った、限りなく領域に近い結界。でね、俺の呪言ってのは――」

ぼやけた釘崎の思考は、そこでようやく危機感を覚えた。

これは〝術式の開示〟だ。

それも、呪言師を自称する男がわざわざ語る術式。聞いてはならないという呪術師の戦闘思考が警鐘を鳴らすが、耳をふさぐ腕は動かない。

焦燥だけが加速する中、鶴瓶の口が決定的な言葉を語る。

「俺の呪言は、不便で単純。ただ俺の語る言葉は全て〝信じてしまう〟ってだけ」

「――っ」

状況は最悪だ。釘崎は即座にそれを理解した。

言葉に信憑性《しんぴょうせい》を持たせる、ただそれだけの呪言。だがそれは〝術式の開示〟という行為と組み合わせると、凶悪な相乗効果を生み出す。

手札を晒《さら》す〝縛り〟による効果の底上げが、〝信じさせる〟呪言と噛《か》み合い過ぎている。

〝信じてしまう〟という効果の説明そのものを〝信じてしまう〟。加えて効果増幅を行う札に埋めつくされた室内。状況も固められ過ぎている。

だいいち、意識がはっきりするまでに、いったいどれだけの言葉を信じさせられたのか、どれだけの暗示をかけられたのか、それすらも判断できない。

「大丈夫だよ釘崎ちゃん。君は俺の言葉を素直に聞いたほうがいいんだ。そうすれば何も危害は加えない」

「……人を縛っといてどの口のセリフだよ」

「マジマジ、信じてよ。つーかもう信じてるでしょ？　君はもう、俺を信じてる」

「っ……！」

釘崎は、釣瓶を〝信じている〟という言葉を、呪言により〝信じてしまう〟。こうなれば負の連鎖だ。加速度的に、正気が侵されていく。

「釘崎ちゃん。安心しなよ、別に命を取ろうってんじゃねーの。ただね、君の通う呪術高《じゆじゆつこう》専《せん》について、ちょーっと教えてほしいことがあるんだ」

「……なんで私が高専生徒だって分かったのよ」

「あー、俺らみたいなのにもネットワークってのがあんのよ。今年は三人一年が入ったとか、三級のチョロそうなド新人だとか、そのツラだとか。そのくらいは知れるさ。俺らはその情報を買って、雑魚そうなルーキー呪術師からさらに高専の情報を引き出して、いっそう稼ぐ。ビジネスってやつさ」

「……そう」

釘崎は、彼らが特級呪霊《じゆれい》とつるむ呪詛師《じゆそし》一派と繋《つな》がっているかどうかが気になったが、その線は薄いように思えた。件《くだん》の一派は高専施設に侵入することすら可能なのだから、今更こんな回りくどい手段は必要ないはずだ。

だとしても、このまま高専の情報を引き出される状況は避けたかった。

校舎の間取り。結界の性質。職員の情報。

呪術高専は呪術師たちの活動の要《かなめ》にして、戦力育成の場。些細《ささい》な情報一つでも、明らかに高専に敵対する術師に漏らしたくはない。

このまま呪言に理性を侵され、言われるままにペラペラと喋《しゃべ》ってしまう前に、対策を打たねばならない。少なくともまだ、欠片《かけら》でも〝そう考えられる〟うちに行動しなければならないと、釘崎は思考する。

最悪の場合、自ら舌を噛み潰すことも視野に入る。

……いや。このまま自我を侵され、自分が〝釘崎野薔薇《のばら》〟としての判断を行えなくなるくらいなら、いっそ今のうちに――。

釘崎が呪言の影響を受けつつも、なおも消え切らない強靭《きょうじん》な自我によって、決断しようとしていた時。

カン、と、不意に部屋の外から大きな音が鳴った。

「あ？」

鶴瓶と小泉、二人の敵の意識が逸れる。好機到来かと思う釘崎だったが、その一瞬では立ち上がることもままならず、歯噛みした。

鶴瓶は少し思案して、小泉に指示した。

「ネズミかな。……少し見てこい小泉。とりあえずこのガキは俺に危害は加えられない。オマエが行ったほうが安全。銃弾くらいはなんとかなるっしょ」

「わ、分かった」

小泉と呼ばれた大男は、恐る恐る部屋の出口に近づいた。

体が大き過ぎて、ドアをくぐるにも屈《かが》まねばならないらしい。ドアノブを捻《ひね》りながら、小泉はくぐるようにして部屋の外へ首を出した。


「——眠れ——」


「え」

小泉が最後に零《こぼ》せた声は、それだけだった。

糸の切れたマリオネットのように、大熊の如《ごと》き巨体が崩れ落ちる。その体は大きなドアストッパーとなって、出入り口に横たわった。

鶴瓶が異常を察し、釘崎がそれに気づくより早く——飛びこんだ影が、鶴瓶へと躍りかかっていた。

一瞬、顔を狙って振るわれた手刀を視認した鶴瓶は、反射的に両腕でガードしたが、次の瞬間には鳩尾《みぞおち》に拳が突き刺さっていた。鈍い音が響く。

「がっ、あ！」

体を〝く〟の字に折り曲げて、鶴瓶が崩れ落ちる。

倒れた姿勢のまま、部屋に差しこむ西日のせいで視界も自由でない釘崎だったが、その乱入者が誰であるかは、すぐに分かった。

「…………狗巻……先輩？」

「しゃけ」

襟を閉じ、口に刻まれた呪印を隠してから、狗巻は振り向いた。

「こんぶ」

「……なんか気が抜けるわね」

「いくら」

「嘘《うそ》。ありがと、先輩」

「しゃけしゃけ」

狗巻は一度頷《うなず》き、葉巻用のナイフを見つけると、釘崎の縄を切った。食いこんだ縄の跡が少し痛かったが、釘崎はどうにか起き上がることが出来た。

完全に、助けられてしまった。

なぜ狗巻がここに来たのか、釘崎は問おうと思ったが、狗巻に説明は無理だろう。だから自分で頭を働かすことにした。

疑問の答えは簡単に導けた。

狗巻は単独任務を許された準一級術師。それが一人で街をうろついていて、釘崎に何かを警告していた。その後、釘崎は街中で敵の術中に嵌《はま》った。整理すると、狗巻はおそらく最初から、鶴瓶たちを追う任務を与えられていたのだろう。

あの時、狗巻の警告を素直に聞いていれば……と思わないでもない釘崎だったが、おにぎりの具では分からなかったのも仕方ない。まあ少なくとも、〝おかか〟や〝高菜〟はあまり明るい意味ではないのかな、と覚えておくことにした。

「とりあえず脱出……いや、その前にあのエセスカウトマンどもを縛りつけるのが先かしら」

「しゃけ」

「しゃけってOK的な感じなの？」

「しゃけ」

「分かりやすいような分かりにくいような――――危ない‼」

「すじこ？」

会話の途中、釘崎が突然血相を変えた。

狗巻は「危ない」と言われたことは理解していた。

だが同時に、気配を感じてしまった。聞いた言葉を脳が処理するよりも先に、肌に感じた気配に反応してしまった。

狗巻の背後には、大柄な影が立っていた。

小泉と呼ばれた男が、狗巻の呪言による眠りから覚めて起き上がっていた。狗巻は咄嗟《とっさ》に口を開放するが、小泉の拳はもう振り上げられていた。

「どけっての！」

釘崎は弾かれるように走り出していた。

狗巻を押しのけて、まっすぐに小泉へ突進する。

小泉はすでに動き出していたが、迷いのない釘崎の行動は早かった。金槌がないので、得意の芻霊呪法《すうれいじゅほう》は使えない。だが、だからと言って戦えないわけではない。

まして、自分より大柄な相手との戦いは、飽きるほどに慣れている。

釘崎は内心でパンダに感謝しながら――全体重を乗せて、肘鉄《ひじてつ》を小泉の鳩尾へと叩《たた》きこんだ。

だが、〝手ごたえがあり過ぎた〟。

「……えっ？」

驚くほどあっさりと、小泉は倒れた。

その腹筋には一切の強張《こわば》りは感じられなかった。まるで身を守ろうという意思なく、小泉の巨体が崩れ落ちる。

その違和感が、急速に危機感へと変わったのと同時。

「——ゲホッ！　ゴホッ、ガハッ、ゲホッ、ゲホッ！」

「狗巻先輩⁉」

咳きこむような声に振り向いた釘崎が見たのは、立ち上がってこちらを睨《にら》みつけた鶴瓶と……喉を押さえ、崩れ落ちたまま踏みつけられた狗巻だった。

「…………舐《な》めた真似《まね》しやがって、ガキどもが」

鶴瓶の顔に、先ほどまで浮かべていた軽薄な笑顔はなかった。

見開かれた瞳は敵意に満ち、威嚇するように開かれた口から、呪印らしき文様《もんよう》を刻まれた、蛇《へび》のように分かれた舌が覗《のぞ》いていた。

「小泉は囮《おとり》だよ。意識を失っても時限式で動くように、俺が暗示をかけといたからよ……おかげで厄介な方潰せたわ。かけとくもんだな、保険」

「……先輩に何しやがったテメェ」

「狗巻家っつったら有名だからなぁ、高専にも呪言師がいることくらい分かってんだよ。

対策しねぇわけねぇだろ」

　小泉は、落ちていた濡《ぬ》れた布を拾い上げ、見せつけるように揺らした。

「手製の催涙剤。呪言師同士はお互い呪言の防ぎ方を知ってるが……こういう物理に弱《よえ》ぇんだよなぁ。まして俺と違って、強い呪言師ならなおさら。一言使うだけでも喉に負担来てんだろ。覿面《てきめん》だよ、覿面」

「ハァ？　そんなのみすみす食らうわけ……っ」

「オメーのおかげだよ釘崎ちゃん。とっさに投げた得体の知れない物体、後輩を狙ったもんなら考える前に庇《かば》ってくれるわな。いや、いかにも優しい先輩らしくて助かったよ」

「……――」

　釘崎の、何かが〝キレ〟た。

　何よりも、己の迂闊《うかつ》さへの怒りが、煮えた血潮となって頭を満たした。

　二度も狗巻に手間をかけた。

　狗巻はなぜ一人で調査を行っていたのか。相性だ。呪言への対処なら呪言師である狗巻も熟知しているはずだからだ。狗巻一人ならば、難なく切り抜けられる状況、なんてことのない敵だっただろう。

　それが二度も術中に嵌り、わざわざ助けに来た狗巻を危険にさらした。

一つの感情が、頭を満たす全ての思考を吹き飛ばし、雑念を何もかも洗い流していくのを感じていた。

怒り。怒りだ。

敵に、何よりも自分に対する、純然たる怒りだ。

夕日に照らされた室内が、真っ赤になっていく。机も壁も床も、何もかもが赤に染め上げられる中、釘崎にとって〝叩くべきもの〟だけが鮮やかに浮かぶ。

理性を吹き飛ばすような激昂《げっこう》ではない。

静かに決意を研ぎ澄ます、透明な怒りだ。

「おっと、俺に手を上げない方がいいよ釘崎ちゃん。君の術式はもう教えてもらったしね……芻霊呪法だっけ？　金槌は俺が持ってるし、使えないでしょ。ね、やめなよ。俺を傷つけることだけは考えない方が――」

「黙れ」

「……は？」

鶴瓶は、釘崎が己の言葉を遮ったことに啞然《あぜん》とした。

まだ呪言は精神を束縛しているはず。鶴瓶の言葉に割りこむ意思など、普通は働くはずがない。ましてか弱い女子供。経験の浅いガキ。三級呪術師如きが、増幅された鶴瓶の呪言に抗う精神力を持つはずがない。鶴瓶はそう考えていた。

だが、鶴瓶は知らない。

目の前の少女が〝か弱い女子供〟でも、〝経験の浅いガキ〟でも、〝三級呪術師如き〟でもない——〝釘崎野薔薇〟であることを知らない。

「話が下手なんだよ。吐瀉音《としやおん》でも聴いてた方がマシだわ」

釘崎は、鶴瓶に渡されていた名刺をポケットから取り出した。

呪言の影響を身をもって知った今だから、実感を伴ってよく分かる。

呟《つぶや》くだけで人を脅かす、呪いの言の葉。その危険性。

それを封じるために、意味ある言葉を捨てて日常を生きる——狗巻棘の、途方もない優しさ。狗巻はなぜ、鶴瓶の催涙剤から、我が身を挺《てい》して釘崎を庇ったのか。

警告出来なかったからだ。

言葉を現実にするその口で、「危ない」とは言えなかったからだ。だから迷わず、自らが盾になったのだ。

誰かのために言葉を紡ぎ、誰かのために言葉を棄《す》てる。

そんな狗巻の一言に比べれば――鶴瓶なる男の言葉の、なんと安いことか。

釘崎は鶴瓶の名刺を床に捨てると、片足を高く振り上げた。

「……釘崎ちゃん。あのねえ」

名刺を踏みつけんとするその動きを、鶴瓶は最初、笑って見ていた。憤りからくる、意味のない当てつけだと感じたからだ。

しかし次の瞬間、鶴瓶は釘崎の術式を思い出した。

――芻霊呪法。人形《ヒトガタ》を媒介にして、遠隔で呪力を流しこむ術式。

いや、しかし金槌や人形は先んじて没収しておいた。今の釘崎が芻霊呪法を使えるわけがない。

釘崎の行動はヤケクソ以外の何物でもない。

鶴瓶はそう結論付けた。が、

「――なに？」

釘崎の、もう一方の手から、名刺に重なるように〝小さな人形〟が落ちた。

それは、釘崎の手を縛っていた縄。

その切れ端をとっさに編んで作った、とても簡素な人形。

術式に媒介が必要な呪術師ならば、それを奪われれば窮地に陥ることは十分承知している。であれば、媒介を現地で拵《こしら》える術を磨いているのは道理。

人形があるならば、呪力を流しこむ釘は……──鶴瓶の視界に、釘崎の履いている
ブーツの〝ピンヒール〟が映る。

「……お、おい、待っ──」

脚が振り下ろされるよりも早く、鶴瓶は有効な呪言を思いつけなかった。

「やめろ」や「止まれ」では意味がない。鶴瓶の呪言は行動の強制ではなく、あくまでも
〝信じさせる〟もの。ある程度の意味ある言葉でなければ効果はない。

だが、鶴瓶はこの期《ご》に及んでもどこか、安堵していた。

釘崎の狙いはおそらく、室内の呪言札を、同じ一本の木から作られた名刺を通して芻霊
呪法で攻撃すること。

しかし対象が広過ぎる。

三級呪術師如きの呪力が流れこんだところで、部屋中に張り巡らされた多数の札に拡散
するダメージは、微々たるものに違いない。

大丈夫。問題ない。鶴瓶は安堵していた。安堵しようと言い聞かせていた。

だが、呪言で洗脳した釘崎に喋らせたのは、あくまで術式の詳細のみ。

だから知らない。分かっていない。

彼女は〝三級呪術師如き〟でも、〝チョロそうなド新人〟でもないことを。

決して安易な物差しで測っていい存在ではないことを。

「無駄だクソガキ！　悪あがきは――」

「〝黙れ〟っつったろ」


彼女が〝釘崎野薔薇〟であることを。


「がッ――あ、アあああああああああああああああああっ‼」

釘崎が人形と名刺を、一息にピンヒールで貫いた瞬間。

研ぎ澄ました呪力が迸《ほとばし》り、全ての札が焼け焦げた。のみならず、札とリンクしていた鶴瓶の舌までもが、痛ましく爆《は》ぜた。

「アッ！　ああっ、アアアアア！　あがっ！　ひゃあっ！　はふあぁあああああ！」

花咲くように裂けた舌の激痛に悶えながら、鶴瓶はのたうち回る。

釘崎はそんな鶴瓶を見下ろし、悠々と机の引き出しを開けると、案《あん》の定《じょう》しまわれていた金槌と釘、そして藁人形《わらにんぎょう》を取り戻す。

「あああっ、あああああ、ああああああ！　あー、あー！」

鶴瓶はずるずると這《は》うように、やがて倒れこむような姿勢になりながらも、出口へ向けて駆け出していた。如何《いか》な痛みに襲われても、命の危険を感じればまず逃走に動ける。大した生き汚さだ、と釘崎は思う。

だが、逃《に》がすわけがない。

呪言に酔わされている間、どれほどの情報を喋ったか分かったものではない。

いっそ、この場で〝仕留めて〟おくほうがいいかもしれない。

釘崎は釘を宙に放ると、金槌を振りかぶった。


「――〝ころ　す　な〟」


そのガラガラに傷んだ声は、釘崎が釘を打つ直前に聞こえた。

「あああ、ふああああっ、アッ！」

だから、放たれた釘の弾丸は、鶴瓶の足首を切り、動きを留《とど》めるにとどまった。それでもう十分、鶴瓶は逃走出来なくなった。

釘崎はそれを確認すると……床に崩れ、喉を押さえたままの狗巻に視線を落とす。

「…………おかか……」

「……あのね」

相変わらず、語彙はおにぎりの具。

けれど釘崎には、分かっていた。狗巻が、傷んだ喉を振り絞って紡いだ意味ある言葉は、決して鶴瓶を案じたものではなかった。

釘崎に、命を奪う重さを背負わせないために、紡がれた言葉。

呪術師など、命を奪い奪われることも、また避けられない業であるというのに。

「アンタたち優し過ぎるのよ。呪術師のくせに」

頭に浮かんだのは――戦いの後、真っ先に自分を気遣った、仲間の言葉。

釘崎は、同じような気遣いを知っていたから、分かっていた。

狗巻の言葉が、途方もなく優しいことを。

◇

鶴瓶と小泉の二人を高専に引き渡し、事件の詳細を報告し終えて、釘崎と狗巻がようやく落ちつけたのは翌日のことだった。

「しっかし休日に災難だったな、野薔薇も棘も」

「しゃけしゃけ」

パンダの言葉に、狗巻が続く。

釘崎は疲れたように肩を落としながら返事した。

「ホントにね。ったく、バッグは買えなかったしブーツのヒールは折れるし」

高専内の休憩所。

釘崎はホットティーを片手に、二年の先輩たちの輪の中にいた。報告を終えた狗巻を迎えに来たパンダと真希に挟まれた形だが、一年生に比べてもまとまりのある学年だと、釘崎は思う。

「……そう言えば、仕事のタイミングのせいもあるけど、野薔薇とこうしてじっくり顔を合わせるのはちょっと久々だな」

頬杖《ほおづえ》をつきながらまじまじと眺める真希に、釘崎は頷く。

「確かに。でも一、二週間くらいじゃないですか？」

「それはそうだけどな」

その顔を一目見ただけで、真希には分かった。いや、パンダにも、もちろん狗巻にだって、分かっているに違いなかった。

そんな二年生たちの視線を受けて、釘崎は目をぱちぱちと瞬《しばたた》かせた。

「……私の顔、なんかついてます？」

「ちょっと見ない間に、いい顔になったのな」

「あ、分かります？　いいファンデ買ったんですよ」

「呪術師らしい顔だっつってんだよ。今組み手すれば、前とは違う結果になるかもな」

突っこみつつも、真希はその変化を確かに感じていた。

夏の前までは、初々《ういうい》しい後輩だと誰もが思っていた。

けれど積み上げられた修練が、ふとした閃《ひらめ》きで、窮地の覚醒で、或《あ》いは人との繋がりによって、花開くことがある。今は青さを残しても、瞬《まばた》きの間に色づいていく。

一輪の野薔薇は今まさに、開花を続けている。

そのことを、戦闘訓練に付き合った二年生たちだからこそ、ありありと感じていた。

釘崎はそうして褒められたことに、一瞬くすぐったそうな顔をしたが、パンダの隣にいる狗巻を見ると、少し目を伏せた。

「まあでも、浮かれるのはまだ早いかなって思いますね」

「どうした、珍しく謙遜して」

「だって今回の件――」

「おかか」

　そう、狗巻のほうを見ながら口を開いた釘崎を、当の狗巻が遮った。

　何よりも、〝今の釘崎〟の成長を目の当《ま》たりにしたのは、狗巻自身だ。だからこそ、この場にいる誰よりも――狗巻は、釘崎が胸を張ることを望んでいた。

「狗巻先輩……」

「こんぶ」

「……そ、だったら謙遜はやめとくわ」

「すじこ」

「確かに、自分でも気持ち悪いほどどらしくないしね。でもちょっと言い過ぎじゃない？」

「明太子《めんたいこ》」

「だからってそこまで言えとは言ってねえぞコラ！」

　加速度的に調子にのったらしい狗巻の物言いに、あっという間にキレる釘崎。休憩所の風景が、ぎゃーぎゃーと騒がしくなっていく。

「……野薔薇、ちょっと見ない間に棘の言ってること分かり過ぎじゃやねえ？」

　首をかしげるパンダだったが、まあそれも成長と言えば成長。

　喧《やかま》しくも微笑《ほほえ》ましい後輩の姿を、温かい目で見守る先輩たちだった。

クギサキ
ノバラ
2019.12.08

第２話　此処《ここ》に在《あ》らずとも

名前とは、人が生まれて初めて与えられる〝願い〟である。

幸吉《こうきち》という名に、如何《いか》なる願いが込められたのかは定《さだ》かではない。

ただ、その願いが儚《はかな》いものであることだけは、与幸吉《むた》は知っていた。

天は二物《にぶつ》を与えない。

与えられたものは、呪力。

与えられなかったものは、自由。

強大な力を幸福と呼べたら、どんなにか楽だっただろう。

少なくとも彼にとって、それは幸福などではなく、呪いと呼ぶべきものでしかなかった。

——天与《てんよ》呪縛《じゅばく》。

生物としての健康健全な肉体が、与幸吉の力の代償だった。

月明かりにすら焼かれる脆《もろ》い肌。右腕と脚を持たぬ身体は、生命維持装置を備えた薄暗い密室から、一歩出ることも叶わない。

その代わり、莫大な呪力と、範囲広大な術式を兼ね備える。

望んだ覚えなど一つもない取引は、彼が生まれた瞬間に成立していた。

自由を奪われた暗い部屋の中では、与幸吉はテレビの中の空想に救いを求めた。でなければ、とても正気では居られなかっただろう。

特に、一本のロボットアニメが与幸吉の心に残った。

子供向けの作品ではあったが、機械にまみれた薄暗いコックピットの風景が、自身の境遇と重なった。

フィクションの中に描かれた機械仕掛けのヒーローの中に、自分も居るのだと──そう夢想することが、幸吉にとっての微《かす》かな慰めだった。

それは、決して折れない鋼鉄の英雄譚《えいゆうたん》。

飛びかうミサイルは業火より熱く、ロケットパンチは風より速い。

鋼鉄の体を軋《きし》ませて、火花散らして立ち向かう。

刃《やいば》にも、銃弾にも、屈することはない。どんな傷を負っても、辛《つら》い運命を背負っても、決して折れることはない。

嵐の如《ごと》く戦って、何度だって立ち上がる。

そして必ず、最後は仲間たちの元へ帰ってくる。

そのロボットの、名前は――。


「メカ丸《まる》。アナタ、なんかツヤツヤしてない？　ファンデ変えた？」

「そんなわけあるカ。パンダに盛大に壊されたからナ、丸ごと新品にしタ」

「言葉にするとほのぼのしたイメージになっちゃいますね」

京都《きょうと》府立、呪術高等専門学校。二年教室。

遠慮も何もない真依《まい》の問いかけと、三輪《みわ》のリアクションに、メカ丸は右手関節の調子を確かめながら応えた。

「あのパンダ、微妙にカワイくないですよね。言動がおじさんぽいっていうか」

「パンダはパンダじゃなくてゴリラだったしナ」

「ちょっと意味分かんないですね」

「アナタだけ上野動物園と交流戦してたの？」

「はァい、そろそろ私語を慎んでくださいねェ」

ぱん、と手を叩《たた》き、田辺《たなべ》と名乗る補助監督の男性が、訛《なま》りのあるイントネーションで口をはさんだ。

田辺は室内照明を落とし、白い壁にプロジェクターで、交通事故現場の映像を投影する。和風建築の室内には妙にミスマッチな光景だが、今に始まったことではない。

ただ、心なしか誇らしげな田辺の様子に、真依もメカ丸も「ああ、これ使いたかっただけだな」と察しつつも、田辺の言葉に耳を傾けた。

「京都を中心に頻発している交通事故は、呪詛師《じゅそし》の仕業《しわざ》だと判明しました」

「呪詛師？　呪霊《じゅれい》じゃないんですか？」

「事故現場にて目撃されたのは、自然発生した呪霊ではなく式神《しきがみ》だったとのことです。この事実から、なんらかの術式によって自動車の制御を意図的に狂わせている呪詛師の存在が疑われましてェ、調べたところ……」

三輪の質問に答えつつ、田辺が手元のパソコンを弄《いじ》ると、映像がパッと切り替わる。

京都を見下ろした構図の地図。

ポイントされたいくつかの地点は、事故が発生した現場である。

「これら交通事故現場、および辿《たど》られた残穢《ざんえ》の位置関係から推測すると、呪詛師はこの位置を根城《ねじろ》としている可能性が高いですねェ」

「――比叡山《ひえいざん》？」

真依が地名を口に出すと同時に、眉《まゆ》をひそめる。

無理からぬ話だ。

歴史的知名度の高さは、時に負の念の呼び水となる。

比叡山と言えば延暦寺《えんりやくじ》の焼き討ちが知られている。織田信長《おだのぶなが》による僧侶の虐殺は、老若男女問わず、子供に至るまで容赦がなかったという。その歴史的事実の苛烈さから、心霊スポットとしても名高い。

しかし、だからこそ真依は首を捻《ひね》った。

「比叡山なんかにみすみす呪詛師を巣食わせたっていうの？」

「疑問は、はィ。もっともです」

田辺は頷《うなず》き、続ける。

「当然、普通であれば要警戒地域である比叡山に、呪詛師が潜むなど不可能。現在の延暦寺近辺には頻繁に高専関係者も出入りしますし、不審な人物や痕跡があればまず見逃しません」

「でも見逃したんじゃない」

「それは物理的理由がありましてェ」

「一月《ひとつき》前のニュースでやってた、あれカ？」

「究極《アルティメット》さんのおっしゃる通りです」

「究極《アルティメット》は苗字《みょうじ》じゃなイ」

　小さく吹き出す声が二人分聞こえ、メカ丸は金属の摩擦音とともに首を向ける。三輪はまだ笑っているが、真依は追及を避けるように、会話の続きを拾った。

「まさか、有毒ガスが急に噴き出したっていう場所？」

「そうです。元々は滋賀県《しがけん》の某自動車ディーラーの整備工場跡で、廃車置き場になっていたのですが、不完全燃焼の排ガスに酷似した気体が充満し、そこに帳《とばり》を重ねられたようで」

「呪術師は物理的に、ガス事故に対処出来る人間は認識的に、それぞれ立ち入り不可能になったわけカ」

「ガス事故って言ったってそんなに長期間継続するとは思えないから、帳がガス自体の滞留を助長している可能性があるわね。長持ちする代わりに侵入自体は容易《たやす》いんじゃない？」

「じゃあガスマスクとか偵察用の式神とか使ったら良かったんじゃないですか？」

「大方、そもそも人間が立ち入れないから呪詛師も潜むわけがない、って初動が遅れたんじゃない？　ガス事故が長引くからいざ調べてみたら帳が降りてた、ってカンジでしょ」

「……おっしゃる通りです、はィ」

　三輪と真依の会話に、田辺は少々肩身が狭そうにした。

「その呪詛師に関しての情報はないの？　実力とか、術式の詳細とか」

「術式はおそらく、式神を媒介とした単純な物体操作ですねェ。操作対象を〝自動車の機能〟に限定することで、術式範囲と強制力を上げられる可能性があります……それにしても術式範囲が広いことから、準一級以上の相手と推察されますが」

「煮え切らないわね」

「どうしても市内で起きた事故の痕跡から推察せざるをえず……ガスの範囲が広くて式神での調査も限界がありましてェ。あまり時間をかけて踏みこんだ調査をして、逃亡されてしまっては困ります。殲滅《せんめつ》、捕縛を視野に入れて直接突入しないと」

「でも目下の問題が毒ガスじゃ、呪術師としての等級がいくつだろうとお手上げでしょう？　まして高専生徒に話を持ってこられても――」

そこまで口にして、三輪の視線がメカ丸に向いた。

「お察しの通り、この京都校には人間にとって有毒な環境下でも、広大な術式範囲を活かして遠隔活動可能な呪術師がいます。今回の任務には適任かと」

「メカ丸単独の任務ってことですか？」

「基本はそうです。禪院《ぜんいん》さんと三輪さんには私と一緒に、市内の警戒をお願いしようかと」

「雑用じゃない」

文句を言いつつ、真依の視線もまた、メカ丸を捉えていた。

メカ丸の表情は変わらない。そういう機能がないからだ。

対し、真依は分かりやすく不機嫌で、三輪の表情も納得しているとは言いがたい。

それが具体的にどういう意思を示すものなのかは、誰も追及しない。

ただ、

「問題なイ。適任なのは確かダ」

メカ丸は、淡々と応じた。


紅葉には早くとも、校庭の枝葉の先は少しずつ、秋の色に染まり始めていた。

〝内職〟に使うような小型の傀儡《くぐつ》ではなく、あくまで人と同じ背の高さ、〝メカ丸〟から眺める京都校の景色が、幸吉は好きだった。

傀儡越しの視界は、どこか窓ガラスを挟んで眺めているような隔離感があって少々残念ではあるが、今は仕方のないことだと諦めていた。

あくまで、今は。

「……いわゆる、拠点制圧任務カ」

改めて考えればメカ丸一体と言わず、使えるだけの傀儡を戦力として投入すれば、難なく物量で制圧出来そうな案件だ。

だが、高専に登録している以上のスペアの存在は、〝内通者〟として活動する上で、なるべく知られたくはない。それに、今は〝奥の手〟を含め、少しでも特級呪霊を迎え撃つための戦力を温存しておきたくもある。

隠し事を行えば息苦しくなるのは自分であると、幸吉は内心、痛感していたが……真にそれを思い知るのは、直後のことだった。

「――メカ丸」

景色に集中して、足音に気づかなかったらしい。

声をかけられて初めて、メカ丸は振り向いた。

「……加茂《かも》カ」

「交流会の消耗は、尾を引いていないようだな」

「どうせ傷を負ったのは俺自身じゃないイ」

「そうだったな」

加茂の態度は、さして申し訳なさそうでもない。メカ丸はそれよりも、未《いま》だ取れていない、加茂の顔を覆う包帯のほうが気になった。

「……そちらこそ、大丈夫……なのカ？」

「心配ない。出歩くにも支障がない程度の軽傷だ」

なら良かった。などと軽々しくは返事出来なかった。

京都校の人間には、手を出さない。ツギハギの呪霊と結んだ縛りに反し、乱入した特級呪霊は所属校を問わず攻撃を加えた。

想定外だったとはいえ、原因の一端は、間違いなく幸吉にもある。

加茂の負傷は、幸吉の行動が生んだ歪みの一つに他ならない。メカ丸に表情を反映する機能がないのは、隠し事の助けにはなった。

それでも尚《なお》、沈黙までは隠せない。加茂はそれを、単なる心配であると受け取った。

「そう大げさな反応をするな。野球すら出来るくらいだ、本当に心配ない」

「……そういえば、交流戦二日目は野球大会になったのだったナ」

「悪い冗談かと思ったよ」

「滅茶苦茶するナ、五条悟《ごじょうさとる》」

「本当にな」

加茂の表情は薄かったが、何か良いことでもあったのか、メカ丸の目にはいつもより楽しげに映った。

だからなんとなく、聞いてみたくなる話題があった。

「俺の代わりにピッチングマシーンが出たとカ」

「…………」

伝聞で知った体《てい》をとってはいるが、実際のところ、一部始終は監視用の小型傀儡を通して目にしている。

その上であえて話題を振った理由は、大っぴらに参加することが出来なかった、微かな寂しさ。せめて賑《にぎ》やかな催しの中に自分の影があった、そういう気分を感じたかっただけなのだが……沈黙した加茂は、思いのほか気まずそうに見えた。

「いや、別に責めたいわけじゃないんだガ」

「庵《いおり》先生が、やるからにはベストメンバーで勝利を目指すべきだと」

「……あの人、スポーツか五条悟が絡むとちょっとおかしくないカ？」

「そういうところは、あるな」

加茂はメカ丸の隣に立ち、同じ木々を眺めた。

時折流れる秋風が、頬《ほお》を撫《な》でるままにして、しばしの沈黙の後、加茂から口を開いた。

「比叡山の調査に行くと聞いた」

「耳が早いナ」

「特別秘匿するようなことでもなければ、狭い高専内にはすぐ伝わる」

「大した任務じゃないイ。毒ガスを隠《かく》れ蓑《みの》にしているような呪詛師ダ。毒素の通用しない俺が行けば、ことは早く済ム」

「事前に想定した相性《あいしょう》のみを前提にするのは、危険だよ」

「不測の事態があったとしても、この身体がいくら壊されたところデ――」

「メカ丸」

遮るように、加茂は言葉を重ねた。

「水道や電力もそうだが、交通網。インフラ系を攻撃してくる呪詛師というのは、依頼されての暗殺を生業《なりわい》としていることが多い。調査に手をこまねいていれば、多くの犠牲者を生んだだろう。任務参加への決断の速さは褒められるべきだ」

「どうしタ、突然持ち上げテ」

「だが半面、オマエは〝メカ丸〟を消耗品と思っている節《ふし》がある」

「事実だロ」

「事実だ。その体が壊されたところで、オマエ自身が命の危険にさらされることはない。だから思い切って大技で勝負を決めにいける。今回のような任務に躊躇《ためら》わず参加出来るのも才能ではある。だが……生死に関わらない戦いに慣れ、緊張感の欠如にまで至れば、油断という悪癖になりかねない。詰めを誤ることもある」

「…………」

多くの場合、加茂の忠告は正しいと、幸吉は思っている。

まして先の交流会における、パンダとの交戦。三重大祓砲《アルティメットキャノン》使用後、仕留めたと過信した隙に接近を許したことが敗因となったメカ丸には、反論は出来なかった。

「それに、真依はともかく」

「真依がどうしタ？」

この話の流れから、なぜ真依の名が出てくるのか。メカ丸は首をかしげたが、話の続きで疑問は晴れた。

「〝メカ丸〟の壊れた姿を見て、三輪には少なからず動揺があった」

「……アイツは出自が根っからの呪術師じゃないからナ。だからと言っテ、仮初《かりそめ》の体が壊れることに動揺していては身が持たなイ」

「オマエが同級生として、真依や三輪たちとの日々を重ねているのは〝メカ丸〟の体だ」

「……何が言いたイ？」

「少しは労《いた》われということだ。特殊環境下での単独任務、行動不能は〝メカ丸〟の廃棄に繋《つな》がると覚えておけ」

そう言うと、加茂はもと来た廊下の方へと歩き出す。

「既にその体も、独りじゃない」

もう背を向けていたため、加茂の表情はメカ丸には見えなかった。

幸吉は、何か声をかけなければならないような気がしたが……胸に浮かんだ感情は言葉になることなく、ぐちゃぐちゃと絡まって、やがて沈んだ。

◇

景色をのんびりと眺める気が削がれ、メカ丸は寮への廊下を歩く。

時折、幸吉はその行為に違和感を覚えることがあった。

メカ丸の身体を備えた当初は、アニメの中のようなロボットを動かすのに心躍ったものだが、いざ生活するとなると、それは不自然だった。

あくまで高専の中で動いている体は〝メカ丸〟であり、それを操作する呪術師本人ではない。〝幸吉〟は生命維持装置のある部屋から一歩も出てはいない。

それでも寮に一室を充てがわれているのは、単純に人間サイズの物体を過不足なく収容するスペースとしてちょうどいいからだろう。

頭では分かっていても、メカ丸が部屋に帰るという行為は、まるでラジコンカーの車庫入れをしているようなものに過ぎず、人間らしい営みではない。

とはいえインテリアを弄《いじ》ったり、一人でテレビ番組を見たり出来る空間自体は快適だ。普通の人間で言えば、画面越しにゲームの中で寛《くつろ》いでいるような感覚に近いだろうか。

それでも気分は落ちつくので、暇な時は部屋に帰る。他の学生と、なんら変わりない。

ただ、その日はスムーズに部屋に辿り着くことが出来なかった。

東堂葵《とうどうあおい》。

メカ丸という〝特異〟から見ても尚、輪をかけて〝特異〟と言える男が、廊下の窓から外を眺めていた。

大柄な体軀《たいく》は屋内で見ると一層大きく、一瞬、熊にでも遭遇したような気になる。

この体軀に独特かつ確固たる哲学と、我《が》の強さを押し通す実力を備えているのだから、その威圧感たるや半端なものではない。

敵に回せば厄介な脅威で、味方に居ても頼もしいが厄介。

交流会の野球ではデッドボールを食らっていたが、敵味方からピッチャーへのエールが飛んでいた。

幸吉も東堂の我の強さには辟易《へきえき》することがあるものの、特級呪霊の乱入に対処したのも東堂なのだから、さすがに不憫《ふびん》ではないかと思う。もっとも、メカ丸の立場ではそう思うことすらも複雑ではあるが。

しかし……本日の東堂が不機嫌そうなのは、野球のせいではないようだった。

「どうシタ、憮然《ぶぜん》とした顔をしテ」

「録画を失敗した」

「なんテ？」

「交流会当日にやっていた散歩番組に、高田《たかだ》ちゃんがゲスト出演していた」

「そういえば言ってたナ」

楽巌寺《がくがんじ》学長の言葉を無視してまで出ていったのを覚えている。

いつものことだが、とんでもないことをすると幸吉は思う。

「だが東京校に備えられていたブルーレイレコーダーがポンコツだったのか、呪霊どもが乱入した影響か、確かに設定したはずの録画が失敗していた」

「寮のほうで録画してなかったのカ？」

「俺が自宅での録画に失敗すると思うか？　当然そっちは撮れてた」

「何が問題なんダ……？」

ここで「じゃあいいじゃないか」とでも言おうものなら東堂はキレかねない。だからこそ幸吉なりに言葉は選んだ。それでも東堂は額《ひたい》に青筋を浮かべていたが。

「腕からビームを放てるオマエのことだ。高たんビームは知っているな」

「初耳だガ⁉」

「なんで知らねえんだよ。ビーム、ナメてんのか？」

「……今度調べておク」

メカ丸の顔が柔らかければ、なんで怒られなければならないんだと頬を膨らませたかもしれない。不便な顔には、たまに感謝することもある。

「高たんビームは高田ちゃんのアイコンとも言うべき決めポーズだ。明後日《あさって》、夜のクイズ番組でもやるだろうからチェックしておけ」

「で、その高たんビームと先日の録画がどうしたんダ」

「番組内でちょうど高たんビームを披露したタイミングで、京都圏内だけ交通情報のテロップが入った。時期的に、どこぞの呪詛師がらみの交通事故だろうが」

「…………」

豪放なのだか繊細なのだか、判断に困る。と幸吉は思った。

ただ、東堂の額に走る青筋は尋常ではなく、激昂《げきこう》――というのも生ぬるいほどキレているのは分かった。

「オマエが対処しに行くらしいな、その呪詛師」

「本当にみんな知っているナ」

「確実に叩きのめさなきゃならんぞ。悪戯《いたずら》に被害を増やしているばかりか、高田ちゃんの晴れ舞台の一つを汚《けが》した」

真面目《まじめ》なことを言われているような気はするのだが、幸吉も釈然としない。が、そんな気持ちが態度に出ていたのだろうか、東堂は眉を吊《つ》り上げた。

「やる気あんのかオマエ」

「いヤ、やる気はあるガ」

「だったら答えられるはずだ。メカ丸よ、オマエ結局どんな女がタイプだ？」

「どういう流れでそうなるんダ？」

「今回の件、オマエには荷が重いな」

東堂は静かにため息を吐《つ》いた。

幸吉は東堂の実力を知っている。しかし純粋に実力、振る舞いともに呪術師として一目置ける加茂に対し、東堂の言動は奇天烈《きてれつ》で、不可解だ。

だからこそ、物言いが癪《しゃく》に障るところもあったし、意味も分からず落胆されるのは面白くなかった。

「どういう意味ダ」

「性癖には個人の全てが反映される。だがオマエは今の今まで、俺の質問に答えていない。好みがないのではなく隠しているだろう。堂々と性癖も主張できないようでは、一角《ひとかど》の呪術師とは言えん」

「その理屈、本当に正しいと思ってるのカ？」

「当然だ。胸も張れない男に勝利があるわけがない」

それだけ言うと東堂は、どす、どす、と重たい足音をたてて、廊下を歩いていった。

自分だって、生身の身体であれば気兼ねなく――。

そこまで考えて、別に生身だって性癖を暴露する謂《いわ》れは無いだろうと、幸吉は冷静になった。東堂の理屈は勢いこそあれど、やはり詭弁《きべん》だと思う。

それでもどこか、後ろめたい事情を見透かされているような罪悪感が半分。答えていれば案外盛り上がったのだろうか、という微かな興味が半分、残った。

紆余曲折《うよきょくせつ》と言えるほどの出来事があったかはともかくとして、メカ丸が調査のため、比叡山へ赴く日は訪れた。

灰色の空に、霧雨《きりさめ》が薄くかかる日だった。

空気が雨に冷やされていくのは分からなくとも、金属拵《こしら》えの指の動きが、少し鈍く感じられた。不便だが、思いがけぬ風情《ふぜい》があった。

決行は午後の予定となっていた。山中まで送ってくれる車を待つ時間、メカ丸は高専内の自販機設置スペースにいた。

もちろん、ジュースやコーヒーが飲めるわけはない。

ただ、暇を持て余した生徒が何か飲みながら休憩している姿が印象的で、だからそれに倣ってみたに過ぎなかった。

「メカ丸、こんなところに居たんですか」

「三輪？　どうしタ」

顔を上げれば、真依に加えて西宮《にしみや》もいる。

京都校の女子トリオは仲が良く、二年三年の垣根を越えてそろっているのは珍しくはない。ただ、なぜそろってメカ丸のところに？　というのが幸吉の疑問だった。

かつて真依と西宮が悪ノリし、バレンタインに三輪から単三電池が差し入れられたことを思い出す。エボルタが好物だと吹きこんだらしい。何食って生きてたらそんな発想になるんだと頭を抱《かか》えた。

いや、それに限らずともこのトリオは、悪ノリの権化《ごんげ》のようなところがある。京女《きょうおんな》は怖いとか他県から言われているらしいが、世間を広くは知らない幸吉でもそれは分かる。

本日も彼女たちの態度は大して変わらなかったが、話の内容はべつに、身構えるほど悪趣味でもなかった。

「メカ丸。手、出して」

「…………」

一応先輩である西宮から言われては断りづらい。

どちらにしようか少し迷って、メカ丸は右腕を差し出した。

三輪はポケットから何か取り出すと、メカ丸の腕――武装の展開の邪魔にならない、手首当たりの継ぎ目に狙いをつけて、何かを取りつけた。

「これハ……」

メカ丸に表情を変える機能はない。

だから、メカ丸越しの幸吉が目を見張った。

それは安物のシュシュだった。

いや、それ自体は驚くべきものではないが……括《くく》りつけられた、小さなキーホルダーが揺れていた。

ＳＤ、と言うのだろうか。デフォルメされた二頭身のキャラクターに小さなチェーンがついた、カプセルトイと呼ばれるもの。

柔らかいプラスチックに色を塗った物ではあるが、それが金属の装甲を再現しようと塗装されていることは、デフォルメされていても分かる。

つまりそれは、ロボットのキーホルダー。

ロボットのような見た目のメカ丸に、小さなロボットが飾られたのが面白かったのか、真依はクスクスと笑う。

「昨日三人で買い物に出かけたんですけど、普段行ってないアバンティの六階に行ってみたんですよ」

「あばんてィ？　どこだそレ？」

自由に出かけるのが叶わないメカ丸は首をかしげるが、西宮が答える。

「京都駅から八条通《はちじょうどお》り側に出たとこね。真依ちゃんがゲーセンでピストル撃ちたいって言うから」

「言ってないわよそんなこと」

「でも案外楽しかったですよね。秋葉原《あきはばら》以外でガチャガチャがあんなに沢山並んでるの初めて見たかも」

「でもアレ、思ったより高いしけっこうハマると大変だよね。私、ぶさカワイイ猫のキーホルダー欲しかったんだけど、のめりこんだらスイスイお金吸われちゃった」

「桃《もも》はパチンコとかしないほうがいいタイプに見えたわね」

「カワイくない表現しないで真依ちゃん」

くつくつと含むように笑う真依と、口を尖《とが》らせて文句を言う西宮。

ああ、仲が良いのだな。と思う。

「そこで偶然ですけど、そのキーホルダーのガチャガチャを見つけまして。びっくりしましたよね、まさか〝メカ丸〟のキーホルダーがあるなんて」

「……あア。俺も驚いタ」

もちろん、それは〝究極メカ丸〟に似ているわけではない。

もっとヒロイックな、アニメに出てくるロボット。

即《すなわ》ち、それはメカ丸が——メカ丸を操る与幸吉が、かつて熱狂し、夢を見たアニメの中に出てくる、偶像のヒーロー。

憧憬《しょうけい》の原点が、そこにあった。

「もうそれ見つけたら、絶対メカ丸に飾らなきゃって。真依が」

三輪が言うと、真依は口元を押さえて笑う。

「いいじゃない、メカ丸・オン・メカ丸。似合ってるわよ……ププっ」

「吹き出してんじゃない真依ちゃん。前置詞オンで合ってる？」

右腕を上げれば、短いチェーンを起点にして〝メカ丸〟がゆらゆらと揺れる。

風で空模様が変わったのか。

霧雨のかかる雲越しに射した光が、少し明るくなって、メカ丸を照らす。

作り物の瞳越しに見る景色が、かすかに眩《まぶ》しくて、幸吉は目を細めた。

「メカ丸さん。時間です」

補助監督の田辺が、通路の向こうから声をかけた。

メカ丸は、右腕を大事に撫でるように、袖を下ろしてキーホルダーをしまいこんだ。

「行ってらっしゃい」

もう背を向けていたから、その声をかけた者の表情は見えなかった。

けれど、声の色は。声に込められた感情は、メカ丸を通して届く。

「ありがとウ。行ってくル」

学友へ向けた短い挨拶。〝行って〟〝来る〟という言葉の中には、帰りを約束する意味が込められているのかもしれない。

言葉にしながら、幸吉は頭の片隅で考えた。


車窓越しに木々が流れていく様は、命の中を駆け抜けていくようでもあった。

現場も元は民間施設であるから、ある程度の位置までは車で乗りつけることが出来るが、呪詛師の術式は自動車操作。

感づかれるほど近づけば、田辺が危険になる。

メカ丸は途中で車を降り、短くない距離を歩くことにした。申し訳なさそうな田辺には、気にしないよう伝えたが、はいそうです、とはいかないようだ。

気軽に景色を楽しむわけにもいかないが、色鮮やかな山の自然は視線を誘う。

枝葉が雨を防ぐ木々の影。

落ち葉の作った絨毯《じゅうたん》の上を、ネクタイを締めたような柄の鳥が歩いている。あれはシジュウカラです、と去り際に田辺が言う。幸吉は頭の中で、その単語を反芻《はんすう》する。

教えられた道を辿って、メカ丸は歩く。

微かに風が吹き、雨が降っている。鳥は木陰に止まり、落葉の下で虫が這《は》う。

メカ丸を操作する幸吉自身は、部屋から一歩も出ていない。ただ画面越しに眺めること
だけが、今の幸吉に許された、世界との触れ合いだ。

身体が治ったなら、この無数の命が溢《あふ》れる自然を、自らの肌で感じられるのだろうか。

ふと、頭をよぎる。

そういえばあのゴリラのようなパンダは、見舞いに来ると言っていた。

彼とて堂々と表を出歩けるような体ではないと思うが、一体どうやって訪れる気なのか。

だいたい、あのパンダは見た目がパンダ過ぎて、メカ丸のように服を着てすらいない。

ぼんやりと、パーカーとジーンズに帽子をつけて、新幹線に乗るパンダを想像した。

堂々としていれば逆にいけるのかもしれない。不覚にも、頬が緩んだ。

けれど――それはきっと、自分の選んだ道の先には存在しない未来だ。

幸吉は、自分の中に浮かんだ感情をなんと呼べばいいのか分からずに、しばし思考に耽《ふけ》
っていた。

――それは言い換えれば、微かな油断でもあった。

分かれ道に差し掛かった時、エンジン音が突然響いた。

ナンバープレートのひしゃげた、赤いセダンがメカ丸を睨《にら》んでいた。

やや下り坂になった道を走り出せば、金属の箱たる自動車は重力に引かれて加速する。

軌道は単純であるが、如何《いかん》せん面積と質量が馬鹿にならない。

メカ丸は大きな回避行動を余儀なくされた。幸い、山中。木々の中へ飛びこめば直撃は受けない。

セダンはメカ丸めがけた軌道のまま、木に衝突して止まった。衝撃を受けた木の枝から、ざわざわと鳥の飛び立つ様が見えた。

「お出迎えのようだナ」

メカ丸はそのまま、車道を使わずに木々の中を進んで、目的地へ向かった。

敵の攻撃手段が大きい以上、障害物の陰にいれば安全だ。だがしかし、呪詛師の拠点へ近づけば近づくほど、そういうわけにもいかなくなる。

歩いていくうちに、木々の枝に変化が訪れる。

先を紅葉に染め始めた緑ではなく、黒くくすんだ枯葉の森へと景色が変わっていく。比例して、霧雨の作る白く霞《かす》んだ視界が、ガスに満たされ濁ったものになる。

やがて木々がやせ細り、視界が開け——広い場所へ出る。

現れた景色は、さながら車の墓場。

形を保っているものも、スクラップとしか言いようもないものもある。

まるで消費文明の膿《うみ》を溜《た》めこんだかのような鉄屑《てつくず》の山の向こう、ガスで不明瞭な視界の奥に工場らしき建物が見える。

「呪詛師が潜むとすれば、工場の中カ……？」

廃車に囲まれた敷地内は、呪詛師の術式に対して有利なロケーションに過ぎる。一筋縄でいくとは思えないが、まごついている間に侵入を察知され、逃げられては仕方ない。

虎児《こじ》を得るには虎穴《こけつ》へ入らねばならない。

メカ丸はゆっくりと、十分に警戒しつつ、敷地の中へ踏み入っていく。

錆《さ》びつき、朽ちた鉄の森。

黒ずむガスが満ち、生命の気配が失せた廃車の迷宮を、金属の人型が歩く。

重い足音以外は、不気味なほどの静寂だけが満ちている。

それにしても、静か過ぎる。

入口付近で自動車による牽制《けんせい》があった以上、呪詛師は侵入に気づいているはず。即座に攻撃が始まってもおかしくないと覚悟して踏みこんだメカ丸だったが、こうなると既に呪詛師が逃亡を図っている可能性も出てくる。

そう、幸吉が思案の沼に意識を片足、踏み入れた瞬間。

廃車の陰から、小さな何かが走り抜けた。

それは小さく、走行音も静かなラジコンカー。

「――ラジコンカーだト？」

車体の背中には、明らかに外付けと思わしき箱型の装置と、式神の姿。

瞬間、不意を突かれたことを幸吉は悟った。

敵の術式が車を操作するものだと認識していたこと。入り口付近で自動車による襲撃を受けたこともあり、その本質は「自動車の質量を活かして、敵を押し潰すもの」だと警戒していたが――この呪詛師は文明の利器を活用するタイプだ。

迂闊《うかつ》さを後悔する時間はない。メカ丸は油断によってロスした時間を埋めるべく、迅速に左腕をラジコンカーへ向ける。

「的《まと》は小さいガ……！」

大祓砲《ウルトラキャノン》。

左腕の掌《てのひら》を放射状に開き、中央から砲塔が出現する。

出力を抑え、瞬時に狙いをつけて発射すれば、撃ち抜かれたラジコンカーが火を上げる。

と同時に、眩《まばゆ》い閃光《せんこう》が奔《はし》り、ラジコンバッテリーではありえないほどの爆発が起こった。

「やはり、爆薬ヲ……！」

メカ丸は左腕の排熱を行いながら、爆風に煽《あお》られる両脚で地面を踏みしめた。

その隙を狙ったか、さらに二台、三台とラジコンカーが廃車の上を走り、ジャンプ台がわりにして、様々な方向から襲い掛かる。

意図的に出力を絞った大祓砲《ウルトラキャノン》は、それでも際どいタイミングでリロードを終えた。

間髪入れず、発射可能と同時に二発目の大祓砲《ウルトラキャノン》。出力調整を行ったとしても、連射が利《き》く武装ではない。メカ丸は発射と同時、反動に逆らわず腕を振るい、薙《な》ぎ払うようにしてラジコンカーを処理していく。

「……迎撃の備えは万全というわけカ」

幸吉は、早々に状況の苦しさを察し始めた。

爆発を起こすラジコンカーは、刀源解放《ソードオプション》や剣山盾《ウルトラシールド》などの近距離装備で防ぐわけにはいかない。

必然的に砲撃を強《し》いられるが、放熱と発射を可能な限り最短で繰り返す腕には、あっという間に負担が蓄積される。迎撃には成功したとしてもその度に巻き起こる爆風が、メカ丸の行動範囲を限定していく。

メカ丸が〝今後〟のために物量投入を見送った分、物量で攻めてくる敵への不利は如実に現れていた。

だがメカ丸のような直接の傀儡操作ではなく、式神を媒介とした機械操作の術式ならば、一度に操作出来る車体は式神の数に限られているはず。

であれば、どこかで攻撃の手にも〝息継ぎ〟がある。

そのタイミングで、式神が帰る方向を追えば呪詛師が居るに違いない。そう考えた幸吉は、まず敵の攻撃をしのぐことに専念したが――、

「そうきたカ！」

敵の術式は自動車の操作。

その対象が、大きいと限らないことは既に体験した通りだが、小さいとも限らない。

ラジコンカーの上げた爆炎の向こう。

廃車の山の頂上から、巨大な影――タンクローリーがメカ丸に降ってくる。

敵の戦術の本質は、車であれば、なんでもいいという対象指定の緩さを活かした大小差の大きな攻撃。爆発により巧妙に位置誘導されたメカ丸は、タンクローリーの落下に十分な回避行動がとれない。避けられたとしても、腕か、脚の片方は失うかもしれない。

敵が式神使いであれば、本体を叩くのが定石《じょうせき》。

オーバーヒート寸前とはいえ、数少ない遠距離武装である大祓砲《ウルトラキャノン》を失うわけにはいかな

い。左腕の死守が勝利の絶対条件。

そう判断したメカ丸は、咄嗟《とっさ》に右腕を捨てる機動で回避しようとした。

しかし、一瞬の躊躇《ちゅうちょ》。

「────」

次の瞬間には、ラジコンカーに比べ、数倍は大きな爆風が上がった。

余波に吹き飛ばされたメカ丸は制服を焦がしながら、地を転がる。

強烈な爆風の盾として、一本犠牲にしたのは──〝左腕〟。

自分でも意識しないうちに、メカ丸は〝右腕〟のほうを庇《かば》っていた。

「……チッ」

焼け焦げた右腕の袖。露《あら》わになった右手首に、メカ丸はなぜ自分が非合理的な行動をとってしまったのか、その理由を理解した。

右腕に繋がったキーホルダーが、からりと、音を立てて揺れたからだ。

「ミスを犯した自覚があるようだね」

「……呪詛師の声カ」

その声は、近くの廃車のカーステレオから響いた。

少しくぐもっていたが、想像していたよりも若々しい声。随分な余裕だと言いたいところだったが、おそらくは呪詛師から見ても、メカ丸の態度は悪手《あくしゅ》を取った者のそれだったのだろう。

幸吉は、カサつく唇《くちびる》を噛《か》み締めた。

確かに手は誤った。この期《ご》に及んで、戦場にあるまじき執着。迂闊《うかつ》なことだった。

〝日常〟という名の呪いが、メカ丸の動きを縛りつけた。

だとしても――それを誤りと言われることが、どうしようもなく、幸吉の腹わたを煮えさせた。

「呪骸《じゅがい》が踏みこんでくるとは驚いたけど、なるほど。僕の術式に近い遠隔操作。しかしそちらは僕の術式を見誤ったね。僕は一種類の、小さな虫のような式神しか扱えないが……視界の範囲において、式神さえ取りつかせれば、車型の物体ならほとんどの機能を操作出来る。車載カメラもカーナビも思いのままだ」

「……さりげなく術式を開示すルル。そのためにカーナビの通話機能を生かしておいたナ」

「優秀だ。セオリーの分かっている奴は現状を勝手に把握してくれて助かる」

幸吉は痛む肌を強張《こわば》らせながら歯噛みした。

追い詰められたことは事実だ。勝ち誇られても仕方ない。

問題は呪詛師がこのタイミングでわざわざ声をかけ、自身の術式を開示したこと。それも〝視界の範囲〟という、呪詛師の位置の手がかりまで明かしてきた。

それは即ち、呪詛師は逃亡ではなく――この場でメカ丸を仕留める意思を示している。

おそらくは、完全にメカ丸を行動不能にしてから、悠々と逃亡を図るのだろう。裏を返せば、それはメカ丸以外に侵入者がいないことを確信している。

幸吉は思考する。

呪詛師は、この廃車置き場全体を俯瞰《ふかん》出来る位置にいる。

そうなれば自《おの》ずと、呪詛師の位置も定まってくる。メカ丸は顔を上げ、廃工場の最上階を通り越し、屋上へ注目した。

果たして、そこに敵はいた。

ガスマスクにボンベを背負ったその姿。呪詛師というよりもマッドサイエンティストを思わせる風体の男が、メカ丸を見下ろしていた。

「うむ、目が合ったね。今君が見ているものが本体で間違いない」

「その割には……随分余裕そうだナ」

「余裕だとも。君は僕を発見しても一切、攻撃体勢に移ろうとする動きを見せなかった。遠距離の手札はもうないのだろう？」

「大した観察力ダ」

「観察力は運転手に最も必要な技能だ。右見て、左見て、もう一度右見て。後方確認もしっかり。交通マナーは守れよ呪術師」

「生憎《あいにく》、俺の本体は動けナイ。遠隔操作の体では、外出する機会は少なくてナ」

言葉を交わしながらも、メカ丸には攻撃手段がない。

左腕は大祓砲《ウルトラキャノン》ごと破損、敵を視界に捉えていても遠距離攻撃が行えない。詰めにかかる敵に対して対抗出来ない。

――否、手はある。

一か八かの砲呪強化形態《モード・アルバトロス》。

三重大祓砲《アルティメットキャノン》用の頭部砲。

だが、両腕での保持があって初めて三重大祓砲《アルティメットキャノン》は成立する。

ましてダメージの残るボディ。無理をしても、撃てて一撃。それでメカ丸は確実にオーバーヒートする。

それでも呪詛師を仕留められる可能性は、低くはない。ガスボンベを背負った装いからは、本体の機動力を捨てた典型的指揮官型の式神使いに思える。

命中期待値は高い。遠距離攻撃さえ出来れば、メカ丸の廃棄と引き換えに、決着をつけることは出来るだろう。消耗品の余力を残す必要はない。

それが現状最もスマートな選択だと、幸吉は分かっている。

分かっていながら――メカ丸は右腕を振り、備えられた刃を展開した。

刀源解放《ソードオプション》。

この期に及んで接近戦装備を展開することは、呪詛師に「悪あがきですよ」と伝えるようなものだった。

「その位置から刃を構えて、何が出来る？」

「オマエに一発くれてやル」

「いや、不可能だ。僕がこのタイミングで、君を直接視界に捉えている理由が分からないほど愚鈍ではあるまい？」

「分かってるサ。ただ、少し悪あがきをしたい気分なんだヨ」

メカ丸は瞬時に、周囲に視線を巡らせた。

小さな蚊《か》のような式神が、廃車の山の中へ潜《もぐ》っていく。

「確殺《かくさつ》だ。スクラップの一つになるといい」

呪詛師の言葉の直後、メカ丸は刃を備えた右腕を大きく振るう。

次の瞬間、廃車の山があちこちで〝爆《は》ぜた〟。

中央に仕込まれていた大量の爆薬を、式神で起爆したのだろう。四方八方から飛来するスクラップが、メカ丸を包むように襲い掛かる。

前後左右、逃げ場はない。

とはいえ――それは、完全なる包囲ではない。

メカ丸の刃は最初から、ある一点だけを狙っていた。

「……あれは！」

呪詛師はその狙いに気づき、声を上げた。

大型タイヤが破裂する際の威力は、手榴弾《しゆりゆうだん》を凌駕《りようが》するという。

それはメカ丸の体を吹き飛ばすに十分な力を持つ。

メカ丸を操作する与幸吉の体には、右腕と脚が欠損している。

もともと存在しない右腕を庇ったことは、馬鹿馬鹿しいと言えば違いない。それでも、あるはずのない右腕――刃を備えた機械仕掛けの腕だからこそ、出来ることがある。

メカ丸の振るった刃は最初から、先ほど襲い掛かったタンクローリー、そこから外れたタイヤを狙っていた。

破裂と同時、飛び上がるメカ丸の体は、爆風に煽られてさらに高く飛翔する。

「推力加算最大出力《ブーストオン・マキシマム》！」

右肘から展開したブースターが起動し、さらにメカ丸の高度を上げる。

タイヤの破裂による衝撃と、右腕のみでメカ丸本体を引っ張り上げる、後先考えない高出力推進。一度に負担をかけられた右腕には、あっという間にガタがくる。

「だが、これでいイ」

工場よりも高く飛び上がったメカ丸は、三重大祓砲《アルティメットキャノン》を展開することのなかったその口で、右腕からキーホルダーを引きちぎる。

その勢いで、さらに右腕がガタついた。

飛翔直後の、一瞬の無重力状態。

体を捻《ひね》り、千切れかけの右腕を振りかぶる。

「ちっ……！」

狙いに気づいた呪詛師は逃走の姿勢に入るが、遅い。

油断からパンダに背を向けた交流会が、幸吉の頭をよぎる。決着を確信して放つ大技から、隙は生まれる。

わざわざこの戦法を選んだのは、不合理だったかもしれない。呪霊の手を取った己が今更抱くには、図々しいセンチメンタリズムかもしれない。

それでも、出来ることなら――〝帰りたい〟と願いながら戦いたい。

今更芽生えたそんな思いが、ちっぽけなキーホルダーを眺めた瞬間に膨らんで。

その不合理な感情を、幸吉はありったけの呪力に乗せた。

「防御に式神を残しておくんだったナ」

執着が呪いであれば、呪いを力に変えるのが呪術師の技。

振りかぶった勢いで、ブースターを起動した右腕に、渾身《こんしん》の呪力を通わせる。

脳裏をよぎるのは、かつて見たロボットアニメのワンシーン。

それは言わば、伝家《でんか》の宝刀《ほうとう》。

ロボットに憧れた者ならば、知らぬはずがない。

空飛ぶ、鉄拳。


「――推力最大《ロケット》、右腕部分離《パンチ》！」


ガスの靄《もや》を切り裂いて、鈍色《にびいろ》の流星が放たれた。

高速で射出される拳の質量は、まさに砲弾。

砲撃と投擲《とうてき》に慣れたメカ丸の遠距離攻撃。狙いを誤るはずもない。

身体能力に秀《ひい》でた接近戦型の術師ならともかく、対ガス装備を背負った式神使いの呪詛師が、咄嗟に回避出来るわけもない。

苦し紛れに式神を放とうとしても、間に合わない。

その拳《こぶし》は、風よりも速いのだから。

「クソぉぉおおおおおおおおおおおおおお、っ――――！」

ガスマスク越しのくぐもった叫びが、いくつかの廃車のカーステレオから次々に上がる。

拳の着弾とともに、その叫びは爆音に飲みこまれる。

せわしなく飛んでいた虫のような式神が、一斉に制御を失って墜《お》ちていく。

呪詛師の意識が途切れたのをしっかりと察しながら、メカ丸は両腕のない身体で、それでもなんとか着地を試みた。

「……ク、ッ」

消耗品の体で何を必死になっているのだろうと、冷静な自分が語り掛ける一方で……ただ、帰りたいと――また会いたいという想いが、鋼《はがね》の傀儡を支配していた。

帳が晴れ、滞留していたガスが霧雨に洗われていく。

景色は緩慢に移り変わり、上がった帳の代わり、終幕が静かに降りる。

全てが終わったその場所に、彼は確かに立っていた。

爽やかな青空が広がっていた。

任務翌日の朝。

メカ丸は高専中庭のベンチに腰掛け、遠く、高くまで続くその青を見上げる。ゆっくりと流れて行く白い雲の形は、何に似ているか。そんなことをぼんやりと考えていた。

校舎の方から、軽い足音が近づいてくる。

首を降ろして視線を向ければ、そこに三輪の姿があった。

「メカ丸〜」

「…………三輪カ」

「三輪カ、じゃないですよ。例の任務に行ったっきり、教室にも寄らないで。どうしたのかと思ってたんですから」

「…………」

「なんですか、黙りこくって」

「心配してくれてたのカ」

「当たり前でしょう」

三輪はさも「何を言っているんですか」という顔をした。幸吉とて、おそらく三輪の立場なら仲間を心配していたと思う。

ただ、やはりメカ丸は仮初の体で、戦いはあくまで遠い場所での出来事で。

それでも、そんな〝当たり前〟があることを、やけにくすぐったく感じながら……メカ丸は少しだけ間をおいてから、改めて三輪のほうを向いた。

「三輪」

「なんですか」

「ただいマ」

「………はい、おかえりなさい」

たったそれだけのやりとりが、まるで無限の時間の中にいるように思えた。

満足感と、ほんの微かな寂しさが、幸吉の胸を満たす。そんな複雑な胸の内を覗《のぞ》けるわけもなく、三輪はいつもと同じように微笑《ほほえ》んだ。

「でも、もう少し早く言いに来てもいいですよ」

「いや、少し気まずくテ」

「何がですか」

「シュシュ、千切れてしまっタ」

「ああ」

納得したように、三輪はつぶらな瞳を、ぱちぱちと瞬《しばた》かせた。

「気にするんですね、そういうこと」

「……意外カ？」

「私、まだまだメカ丸のことを知らないんだなぁ、って」

「気にするんだナ、そういうコト」

「意外ですか？」

「全然」

思わず、と言った調子で笑いだす三輪。

メカ丸は笑わない。笑う機能がないからだ。

しばし、メカ丸の視界から離れて、薄暗い部屋の中、畳まれて置かれた服に、幸吉は視線を映した。

焦げたキーホルダーは、ポケットの中にしまってある。「こっちはちゃんと持って帰ってきた」と言ったら、三輪はどんな顔をするだろう。

その顔を見るのがメカ丸越しでは、やっぱりもったいない気がする。

幸吉は想像する。

ただいまという言葉の暖かさを今更知った。

ならば、初めましてと言えた時、どんな気持ちになるのだろう。自分のしてきたことを知った時、彼女は、彼らは、どんな顔をするのだろう。

向けられる感情が困惑でも、敵意でもいい。ただ、自分の目で彼らを見つめたい。

「三輪」

「なんですか、メカ丸」

もうすぐ、会いに来るから。

その一言を、まだ口に出すわけにはいかなくて。

「なんでもなイ」

メカ丸は笑わない。

メカ丸は涙を流さない。

でもそれは、感情を見せる機能がないだけだ。

ただそれだけの事実すら、誰もメカ丸のことを、まだ知らない。

ミワ
カスミ
2019.12.09

第３話　浅草橋《あさくさばし》哀歌《エレジー》

とりたかないが、歳はとる。

嫌な話だが、現実である。

世の中、三十代でもまだまだ現役という風潮だが、現実には二十五歳を超えたあたりから未成年におじさんと呼ばれるし、身体の調子も変わってくる。

具体的にいうと、不調が尾を引くようになる。

首肩一帯の凝りであるとか、頭に籠る熱っぽさであるとか、胃腸がごろごろする感じとか。一つ一つは大したことないが、積み重なって翌日に残る。

そういう疲労の蓄積を感じるのは、たいてい忙しさの最中ではなく、ふっと気が緩んだ時だ。

伊地知《いじち》潔高《きよたか》もそうだった。

「……はぁ」

交流会にあたっての、京都《きょうと》校との打ち合わせや事務手続き。

呪詛師《じゅそし》、呪霊《じゅれい》一味の乱入による対処と被害確認。

死傷による欠員補充の根回しと遺族への対応。急に必要になった野球用具の手配。

Etc etc……。

そんな中、次の仕事として埼玉《さいたま》の呪霊被害への対応任務に、一年生組の引率が予定されていたのだが——それが急に、新田《にった》という別の補助監督の担当となった。すでに作成していた調査資料も引き継いだ。

交流会から先、補助監督の予定は高い密度で組まれていた分、急なシフト変更は予想外過ぎて、伊地知が代わりに入る仕事がなかった。

随分と久しぶりに、伊地知の予定がぽっかり空いてしまったのである。

「あー……」

高専内の事務室。

デスクについて、伊地知は気の抜けた声を漏らす。

思えば、ここ最近は働き詰めだった。

それが急に暇になっても、それはそれで調子がくるってしまうのである。

目立った仕事もないのなら休暇を取ればいいのだが、伊地知は土日祝日以外の休暇を申し出るのが苦手なタイプだった。

まして呪術師というのは割とアナログな人間が多い。

パソコンによる作業やネットを介した届け出手続き。

これらの作業は伊地知がいない間にトラブルが起きたら、電話で指示しなければならないと思うと気が気でない。「パソコンが苦手」という人間は、電源が切れないレベルであることを、伊地知はよく知っている。

ぼんやりしていても仕方ないので、伊地知はパソコンを立ち上げた。

かといって目立った仕事もないので、メールチェックをしてみたり、デスクトップのアイコンを整理してみたりする。

そのうち、普段使う書類の様式を直してみたり、事務作業用のシステムのチェックをしてみたり、なかなか出来なかった引き出しの片づけをしてみたり。

諸々やって一息ついて、ティーバッグのお茶を飲んでいるところで、ふと、

「……あれ。私、自分から疲れを作ってない？」

と、気が付いた。

これは伊地知にとっても地味なショックだった。

忙しいから働いているのだと思っていたのに、仕事以外にやることがない現実に気が付いてしまった。それは酷く寂しいことのように思えた。

自分の仕事には、責任感をもって臨《のぞ》んでいる。

だが自分の人生のあらゆる全てが〝それだけ〟になってしまうのは少し……いや、かなり心配になる。

とはいえ、呪術師たちは前線で命を張っているわけで、どこまで行っても後方支援である自分がそんなことを考えること自体、よくないのではないか——。

という考えが浮かんだあたりで、キリ、と胃の上あたりが締まるように痛んだ。

「はぁ」

別に暴飲暴食をしているわけでもない。

食欲がないわけでもないが、なんとなく内臓に力が湧いてこない。それがここ最近のコンディションだった。

疲れているのだろうか。

いや、疲れているのだ。

確かに疲れているのだが、それを疑問形で考えてしまう程度には、伊地知は仕事に漬かり切っていた。

何もない時間を、何もないままで過ごせない。

なんとなく、モヤモヤぐずぐずとしたものを引きずったまま、大したことのない仕事を作ってはだらだらとこなしている。

……これではいけない。

伊地知はどうにか、この形容しがたいが、少なくとも良くはない状況を抜けなければならない、と思っていた。

例えば、気分転換などが必要だと。

「あ、そうだ」

ぽん、と手を叩《たた》いて、デスクを立つ。

胃が痛いのだから、医者にかかればいいのだ。

そう思い立った伊地知は、さっそくデスクの上を軽く片付けて、重要書類の棚を施錠すると、軽い足取りで医務室へと歩いていった。


「ストレス性の不調だな。弱めの胃薬を出しておく」

東京《とうきょう》　校内医務室。

家入硝子《いえいりしょうこ》は簡単な問診を終えると、伊地知に袋に入った粉薬を差し出した。

反転術式《はんてんじゅつしき》が必要な重症ならまだしも――本来、医師の仕事というのは診断で、薬の調剤を行うのは薬剤師の役目だ。

しかし、あくまで家入がいるのは学校の医務室。

呪術高専《じゅじゅつこうせん》の医療設備は一般の学校のそれとは段違いだが、どこまで行っても学校の設備でしかなく、そういった手順を踏んだ処置は病院の仕事だ。

だから伊地知のように、いまいち病気とも言えない程度の不調には、常備してある市販薬が渡される。一般校の保健室と同じだ。

それでも伊地知は家入の問診と、簡単な触診で、そこそこ癒されていた。

「ありがとうございます。おかげで助かりました」

「実際に内臓が弱っているわけではないから、飲み会の前に気休めで飲むような、簡単な胃薬だよ。なんならドラッグストアでも売ってるから、常備しておくと安心かもね」

「いえ、こういうのは専門的な知識のある方に意見を仰ぐのが大事かなと」

「そう？　殊勝な心掛けだな」

姿勢よく丸椅子に座る、伊地知の顔は明るかった。

思えば普段、伊地知はずっと気を張っている。

アバウトな術師に面倒を押しつけられることもあれば、神経質な術師に緊張させられることもある。

子供たちを任務に送るのは後ろめたいし、上層部からは五条《ごじょう》のことで小言を言われることもあるし、その五条は呼吸をするように無茶ぶりしてくる。

その点、家入は伊地知にとって癒しの一つだった。

呪術師らしくズレたところはあるが、無茶は言わないし、能力以上の働きを求めてこないし、さりげない思いやりもある。

それに普段殺伐とした呪術師たちや、グロテスクな呪いばかり目にする伊地知にとっては、貴重な目の保養でもある。

少々血色は悪いが、妖しげな魅力のある美人に間違いない。

むしろ気だるげな雰囲気が、翳《かげ》のある色気を纏《まと》わせていると言っていい。

おまけに、今回の家入は特に優しかった。

普段ならば、必要な処置だけしたら家入は仕事に戻ってしまう。しかしその日はどういうわけか、伊地知の体調について随分丁寧に問診してくれたし、軽い雑談にも付き合ってくれた。

「で、高専に出てきてパソコンを点けたらデータが初期化されていまして」

「それは災難だったな」

「あれは二級呪霊に睨《にら》まれた時より肝《きも》が冷えましたね……やはりバックアップを取ってお

くのは大事だなと実感したものです。備えあれば憂いなしですよね」

「輸血用の血液とかね」

「……まぁそんな感じですね、はい」

「でも今は忙しさのピークを抜けたんだろ。それは何より」

「ええ、まぁ」

伊地知は少々煮え切らない返事をした。

忙しくないどころか珍しく暇で、やることがないから家入の所に来た、なんて経緯《いきさつ》を説明するのは後ろめたい。

ところが、どうやら世の中は本人が思うより、伊地知に優しかった。

「そうだ。なら伊地知、今日の夜は暇か？」

「え？」

「今夜」

「……………………え？」

「耳鼻科の診察が必要か？」

「あ、いえ。暇です暇です暇です暇です」

「四回も言わなくても」

伊地知は一瞬、鼓膜から入った言葉を処理する脳が止まっていた。

無理もない。予想外に過ぎた。理性的な部分が「いや、変な意味で捉えちゃまずい」と考えている反面、妙に浮かれる思考も止められない。

そんな伊地知の動揺が分かっているのかいないのか、家入は澄ました顔で脚を組み直す。

「まあ、暇なら良かった。たまには飲みに行こうと思って誘ってみたんだが」

「飲み、ですか」

「もちろん胃に負担をかけない範囲のつもりだけど、君の不調は器質的なものじゃなさそうだ。少し気分転換したほうが身体にいいだろう」

「は、はい。ぜひ、行きます」

「そうか。じゃあ今晩六時ごろに浅草橋《あさくさばし》で。店の場所は後で連絡する」

「わ……わかりました！」

思わず、就職面接のように背筋を伸ばしながら応える伊地知。

家入はその様子を見て、微《かす》かに笑いながらカルテの整理を始める。そろそろ仕事に戻るよ、という無言の合図だった。

伊地知は邪魔をしないように席を立つと、深々とお辞儀をして医務室を後にする。

「…………よし」

何をどうというわけでもないが、とりあえず伊地知は気合いを入れた。

そうと決まれば本日は残業するわけにはいかない。

まぁ仕事がないので残業しようもないのだが、万が一ということがないように、伊地知は早速デスクに戻って作業の整理を始めるのだった。


「…………ここで合ってる、よね？」

午後五時四十五分。

地下鉄は浅草橋駅から徒歩十分。

灯り始めたネオンの彩る道を抜け、仕事帰りのサラリーマンに交じって歩き、伊地知は指定された店名を見つけた。

食べ処《どころ》〝小《コ》鳥箱《トリバコ》〟。

呪いに関わる人間たちには、妙に食欲を失くす響きである。

「それにしても……」

伊地知が見上げたその店は、どうにも色気があるとは言い難い。

店先に赤提灯が提げてあるし、メーカーが作ったと思《おぼ》しきビールの看板が立てられているし、玄関は薄い引き戸だ。

ここに来るまでの間に少しずつ膨らんでいた仄《ほの》かなときめきが、静かに静かに萎《しぼ》んでいくのを伊地知は感じた。

「いや、でも家入さんと二人で食事なのは違いないないし……」

ふわふわと、脳裏にイメージが浮かぶ。

そういえば、白衣でない家入を見る機会はあまりない。なんなら薬や死体を弄《いじ》り回していない、オフモードの家入自体が、伊地知にとってはレアだ。

くすぶったエンジンを無理やりかけるように、伊地知はゆっくりと深呼吸する。

二回、三回、肺の空気を入れ替えるように繰り返す。

それからやっと意を決して、店の引き戸をガラガラと開けた。

「ウェーイ、おせーよ伊地知」

閉めた。

ぴしゃりと音がした。

それから服の袖で眼鏡を拭いた。

おかしい。白衣を脱いだ姿の家入ではなく、銀髪でサングラスの男に声をかけられた。眼球が呪われたか、伊地知の脳が洗脳系の術式に冒されていなければ、メロンソーダをジョッキで飲む五条がいたように見えた。

いや、そんなはずはない。

今日は家入に誘われたのであって、断じて五条と飲みにきたのではない。そもそも五条は下戸《げこ》なのだから、こんな飲み屋然とした店に居るわけがない。

おそらくは疲労と、極限の緊張が作る幻覚。そうだ、そうに違いない。

もう一度深呼吸をしてから、伊地知は引き戸を恐る恐る開いた。

「何やってんの？」

どう見ても五条だった。

伊地知は渋い顔で目を細めた。

「五条さんこそ何やってるんですか」

「飲み屋でノンアルコール縛りプレイ、酔っぱらうまで帰れまテン」

「それ一生帰れないじゃないですか……」

「縛りプレイは縛りがキツくないとやる意味ないでしょ。伊地知、レベル上げ縛りとかで満足しちゃうタイプ？」

「あんまりゲームをそういう視点でやらないですけど……」

「早く入ってこい伊地知、私も五条も先に始めてる」

「あ、家入さん」

五条の座る四人卓、斜め向かいに大ジョッキを空《から》にした家入が座っていた。

それでだいたい状況を把握した。

本日の飲みはこの三人。伊地知は自分の中の何か、甘ったるい夢見がちな部分が、音を立てて崩れていく気がした。

いや、まあ現実だ。

そりゃアフターファイブ、家入に二人きりで飲みに誘われるよりは、この状況の方がよほど現実らしい光景だ。

伊地知はぺこりと会釈しながら、当然のように促された五条の隣の席へと座った。

「とりあえず駆けつけいっぱい」

家入が店員を呼んで、当然のように伊地知の前に生中が出てきた。

いただきます、とジョッキを握りつつ、家入がついでのようにハイボールを頼むのを眺める。この人、自分が来る前に何杯飲んでるんだろう、と考えるのはやめた。

ちらりと五条のほうを見れば、メロンソーダとフライドポテト、鶏《とり》のから揚げが並んでいる。親に連れられて居酒屋にきた子供が、かろうじて食べるメニューのようなラインナップだ。

「はいかんぱーい」

五条の号令でメロンソーダと生中ジョッキとハイボールの乾杯が交わされる。どうにも混沌《こんとん》としている。

家入はやけに年季の入った和紙の品書きを開くと、料理を追加で注文する。

「とこぶし煮つけと、まぐろブツ……もつ煮も貰《もら》お。伊地知、何かつまみたいものある？」

「あ、じゃあポテトサラダ……」

「ゴロゴロ派？　しっかりつぶす派？」

「しっかりつぶした方で……」

てきぱき注文を済ませると、家入は上品な所作《しょさ》で、グラスに口を付けた。

既にテーブルに並んでいた枝豆と、お通しと思わしききんぴらを肴《さかな》に、ハイボールがすいすい無くなっていく。学生が夏場に飲むサイダーくらいのハイペース。

それにつけても、驚くべきはその顔色だ。いつも通りに血色が悪く、すでに一杯入れた後だろうにまったく酔った様子がない。

品《ひん》の在る仕草とアルコールへの強さが噛《か》み合って、伊地知の眼には、家入は随分格好いい大人に映った。

一方、五条はノンアルコールなので当然酔っているわけもない。

「伊地知さぁ、ポテトサラダにキュウリを最初に入れたのってスティーブン・スピルバーグだって知ってた？」

「え、そうなんですか。初耳ですけど」

「うん、嘘《うそ》だからね」

「ええぇ……？」

だが、シラフのはずなのに下手《へた》な酔っ払いよりも支離滅裂な話をしてくる。

これ自体は伊地知に絡んでくる時の平常運転である。

ところが、酒の席には〝場酔い〟というものがあって、アルコールを飲んでいないのになぜかテンションが上がる人がいる。

家入と伊地知に囲まれているぶんにはともかく、店内には仕事帰りのサラリーマンや酒を飲むこと自体が趣味のようなおじさま方が盛り上がっていて、そういう空気的なものが五条を酔わせている節《ふし》はあったが、家入に比べると割と困った大人の姿に見えた。

「じゃ伊地知、酒の席だし今週のジャンプの話しようぜ」

「よ、読んでないです」

「マジで？　この世界にジャンプを読んでない人類がいたの？　じゃあ学生時代は何読んで育ったんだよ。何古今和歌集読んで育ったんだよ」

「新古今和歌集以外選択肢ないんですか⁉」

「ヒくわー。じゃあ野球か、政治の話でもする？」

「ええ～……？　やめてくださいよ、飲み屋で不意に持ち出したらケンカになるタイプの話題ツートップで振るの」

「僕はね、石田三成《いしだみつなり》がけっこう好きなんだけど、秀吉《ひでよし》亡き後の立ち回りが上手かったとは言えないよね」

「戦国時代の政治の話とは思いませんでした……」

「伊地知。僕たちのかけがえのない今は、先人の偉大な執政の上に立ってるんだよ」

「それはそうですけど」

呪術界の旧体制をぶっ壊そうとしている人が言うと、生春巻《なまはるま》きの皮より薄っぺらいな、と伊地知は内心思った。けど口に出す勇気はなかった。

「い、石田三成、好きなんですか？」

「お茶ぬるめに淹《い》れてくれるじゃんアイツ」

「戦国武将を給仕扱いしてる人初めて見ました……」

「じゃあ時代を選ばず戦ったら最強の武将について語ろうぜ。僕のイチオシはね、五条悟《さとる》」

「私も五条さんが勝つと思います……」

「ああ、でも菅原道真《すがわらのみちざね》だけはちょっと厄介かな」

「持ち出してくるのがビッグネーム過ぎる……」

いつもの調子だが、いつもより口数が多い。

これは困ったと、伊地知は家入のほうへ視線を向けたが――、

「まぐろブツが来たから、これはそろそろ酒だな……お兄さん、今日はおススメある？」

「八海山《はっかいさん》がありますが」

「じゃあそれ」

がっつり飲むモードに入っている。

この店を選んだのは家入であるが、随分と振る舞いが慣れている。店員への声のかけ方が常連のそれであり、正直頼もしく見えるほどだ。

「どうした伊地知、飲んでるか？」

「あ、はい。飲んでます」

「そうか。煮物が来たらもっと遠慮なくやっていいよ。ここは店主の腕がいい」

「へっ、褒めても何も出ねぇよ。……おい、硝子ちゃんにアレ出してやれ」

「はい大将！」

言った傍《そば》から、褒められた店主が気を良くして店員に何かを指示。どうやら褒めたら何か出てくるらしい。

それより店主が家入のことを、当然のように〝硝子ちゃん〟と呼んでいるのに伊地知は驚いた。〝硝子ちゃん〟。呼んでみたい響きだと、ちょっと思った。

「あの店員も、新人だけどテキパキしてていいだろ。義妹が四人いて、大学に通わせるのにバイトを掛け持ちしてるとか。漫画みたいだな」

「そういう情報どうやって聞き出すんですか……？」

「客としてだけど、ここに通っているぶんには私の方が先輩だから」

「はぁ、そういう……」

なるほど、これはちょっとやそっとの常連ではない。

少なくとも、店員の身の上が知れる程度には通っているということなのだろう。それは店主に名前で呼ばれもする。伊地知は納得した。

ほどなくすると、グラスを枡《ます》に入れて、さらに皿にのせて、グラスからも枡からもなみなみ零《こぼ》れるほど注《そそ》がれた酒と、小鉢に入った塩辛《しおから》状の物がテーブルに並んだ。

「家入さんのお酒、すごいことになってませんか？」

「普通ならグラスからあふれる酒を枡で受けるところ、さらに枡からもあふれるくらい注いだこの店の裏名物、二重滝壺《にじゅうたきつぼ》だよ」

「それはほとんど二杯分なのでは……？」

「お得だろ？」

お得というか、普通にそれを飲み干そうという家入に驚く伊地知だ。口には出せなかったが。

「あとその塩辛みたいなのはいったい……」

「酒盗」

「しゅとう」

「カツオのワタの塩辛。……まあ私は毎度、マスターを褒めたら出てくるこれが楽しみなんだけど、ちょっとくらいつまんでもいいよ」

「あ、ありがとうございます……」

「でもビールじゃ力不足」

「えっ、じゃあ、えーっと」

「いいつまみにはそれなりの相方が必要だよ。酒を頼め。余ってるビールはチェイサーにすればいいし、あとはチーズの盛り合わせも頼む」

「あ、はい。じゃあ、ぬる燗《かん》で……」

家入が零れそうなグラスから酒をちゅーっとやっている間、伊地知のところにも酒が運ばれてきた。別にサービスがあるわけでもない。当然だ。

続けて注文したチーズの盛り合わせが運ばれてくると、家入は少しだけ得意げに、皿の料理を組み合わせて、伊地知に教授する。

「チーズに酒盗をのせてね、おっかけて酒。やってみろ」

若干肩を小さくしながら、伊地知は勧《すす》められた酒盗をおずおずとつまむ。

「………あ、おいしい。アンチョビで飲んでるみたい」

「だろ。ほら見ろ五条、伊地知は分かるヤツだ」

「えー、チーズに塩辛いもの載っけるその感覚僕わかんないな。チーズってどっちかっていうとお菓子国の住人じゃない？　本来結ばれるべき許嫁《いいなずけ》のスコーンから奪われて、無理やり呑兵衛《のんべえ》国《こく》に連れてこられた感じしない？　ねえ伊地知」

「え、あ、いや、はい？」

「まったく、下戸は損だな。こんなに美味《おい》しいのにな、伊地知」

「硝子いつからこんなんなっちゃったんだろうねえ、伊地知」

まぐろブツをつまみながら酒をあおる家入と、おかわりのメロンソーダに、デザート用のバニラアイスを投入する五条。

飲み慣れた辛党と極まった甘党に挟まれながら、酒をすする伊地知。

状況に胃袋が混乱してくる気がしたが、酒は美味いし料理も美味《うま》い。なんだかんだで、悪い気分ではなかった。

「料理もお酒も本当に美味《おい》しいですね、ここ」

「私のおススメだから。常連が子連れで来ることが多いせいか、ソフトドリンクやデザートもあって五条も来やすい」

「僕子供扱いされてない？」

「大きな子供みたいなものだろ」

軽口をたたく二人を見ながら、伊地知は運ばれてきたもつ煮に箸《はし》をつける。

家入が保証するだけあって、本当に美味い。

肉がとても柔らかく煮込んであって、味噌《みそ》をベースにしたホッとする味付けに、しょうがが効いている。家入でなくても酒がするする進んでいく。

まぐろブツは刻まれた大葉《おおば》がアクセントになって、これまた上等な肴だ。甘辛く煮込んだとこぶしも箸が進む。店主の腕が確かなのを感じる。

伊地知は久々にいい気持ちになってきた。

ゆるゆると酔う。ゆるゆると時間が流れていく。

ただ、なんだか酒を進めるにつれて、随分と体が重くなってきた。

「伊地知。君、酒呑《の》むの久しぶりだろう」

「え？」

唐突な家入の指摘に、伊地知はここ最近の自分を振り返る。

「そういえば……そうですね、久しぶりだからか、このくらいの量でもすぐほろ酔いになります」

そんな伊地知の言葉に、五条がドン、とジョッキを置く音で割りこんだ。

「単に疲れてんでしょ、それ」

「や、でも私、今日はあまり中身のある仕事してませんし」

「今日までの疲労が蓄積してるんだよ」

今度は家入が口を挟む。

「酒は百薬の長ってのも、あながち迷信じゃない。気持ちよくなる程度に酒を入れたから、緊張が取れて一気に疲れを自覚してきてる。……伊地知、最後に休みを取ったのはいつだか言えるか？」

「えーと……」

少なくとも交流会からは休んでいない。

まあ当然だ。大量に死人が出るほどの異常事態。休日を作る暇などなかった。むしろ今日、暇だったのが信じられないくらいの情勢のはずだ。

——では、交流会の前は？

「………あれ？」

「診察した時に言ったろ、ストレス性の不調だって。ストレスって言っても気分の問題じゃない、日々の無理や不摂生の蓄積をそう呼ぶんだ」

「七月ごろから、オマエがまともに休んでるのを見た覚えはないけどさぁ。九月中は一度も休日をとってないでしょ」

五条に言われて、思い返す。確かにその通りだ。

「そうですね。いえ、でも人手不足ですし」

「アタマ悪いこと言うなよ。体力の限界見極められなくて倒れられたら、いよいよ人手不足でしょ。オマエしか出来ない仕事どのくらいあるか考えろよ」

「……へ？」

「伊地知。今日、君を飲みに連れ出そうって言いだしたのは五条なんだよ」

「ええ⁉」

酔いも吹っ飛ぶ驚きに、伊地知は思わず五条を見た。

「倒れる前に疲れを自覚させようってだけだけどね。感動して泣いていいよ伊地知」

「感動っていうか、驚きですけど……」

伊地知は動揺を鎮めるように、ぬるい酒を口にする。

それから、視線をテーブルの端から端まで揺らして、かすかに残った酒が作る、小さな水面に止めた。ぼんやりと、伊地知の顔が映っている。

「私、そんなに疲れてるように見えました……？」

「重症だなって思ったのは、オマエが埼玉の呪霊調査を担当しようとした時だよ。あれはもともと新田が行く予定だった」

「それはその、私は虎杖《いたどり》くんたちとは気心が知れてますし」

「でも交流会以降の事後処理を担当してる伊地知が、わざわざスケジュールにねじ込んで行く理由はなかったよね」

「……はい」

言われてみればその通りだと、伊地知は肩をすくめた。

「僕は報告書と七海《ななみ》の伝聞でしか知らないけど、伊地知はさぁ、里桜《さとざくら》高校の件、気にしてるよね」

「と、仰《おつしや》いますと……」

「悠仁《ゆうじ》を止められなかったこと」

――鼓動が乱れた。

伊地知は、酔いに火照《ほて》らされた頭から背筋まで、熱が引いていくのを感じた。

「それは、その……」

カタカタと震える手で、伊地知は口元を覆うように眼鏡を押さえた。少年院の一件の際、五条に追及された時にも出た、動揺のクセだった。

しかし、五条はその時ほど伊地知を責めるような態度でもなかった。

「聞いてりゃ分かんだよね。ツギハギの呪霊との戦い、その報告。七海は言わなかったけど、アイツはマジメだからね。趣味も悪けりゃ分《ぶ》も悪い敵相手に、進んで悠仁を同行させたわけがない。結果として七海が助かったけど、内容は独断専行でしょ」

「……私は、その。結局、また少年院と同じ間違いを……」

「だから近くで見守ろうって？　献身的で泣けてくるね。でも悠仁はもう、伊地知が思ってるほど子供じゃないし、半人前でもない。思いやりと過保護は違うんだよ。どちらのためにもならない」

五条は中指を親指で押さえるようにして、右手を伊地知のほうへ向ける。

「オマエが気に病まなくても、悠仁はもう大丈夫だよ」

ぱちん、と——痛めのデコピンが、伊地知の眼鏡を揺らした。

赤くなった額《ひたい》を押さえれば、じんじんとした痛みが遅れてやってくる。その刺激で、アルコールで緩くなった涙腺《るいせん》が限界を迎えた。

「…………五条さぁぁあん」

「うわキショッ、デコピン一発で泣くなよ大人が」

「伊地知は泣き上戸《じょうご》の気があるのかもな」

酒のお代わりと、松茸《まつたけ》の土瓶《どびん》蒸《む》しを注文しながら、家入が呟く。

「男の涙なんて見たくねーっつーの」

「伊地知、今日はこの一軒で飲み終えたら帰っていい。ちょうどいいほろ酔いのまま睡眠をとって、明日は休め。仕事ないんだろ」

「はい……はいっ……」

涙で味の変わった酒を飲み干して、伊地知は目元をぬぐった。

それから、各々土瓶蒸しを味わったあと、松茸の出汁《だし》の茶漬けでしめて、早い時間に宴《うたけ》は切り上げとなった。

伊地知は久々にいい気分で、夜道のネオンの中を帰路につき、帰宅次第ゆっくりと深く眠りについた。

五条はブーブー言いながら家入に二軒目に連れていかれたが、どこまで付き合わされたのか定かではない。


休み明けの出勤は爽やかだった。

肩こりも頭痛もなく、食欲も万全。視界も広い。

伊地知は随分と久しぶりに、自分のベストコンディションというものを思い出した。

「おはようございます」

同僚への挨拶の声一つとっても違う。

空気は澄んでいて、朝日はいつもよりも眩《まぶ》しい。

久方ぶりに本格的な休息をとったのもあるが、心の〝つかえ〟が取れたことは大きかったし、何より五条が自分を気遣ってくれたことが、思った以上に覿面《てきめん》だった。

普段、どれだけ適当で、傍若無人で、スパルタであっても、五条もまた教師。

人の上に立つ呪術師として頼れる人間であり、自分の頑張りを認めてくれる。その実感が、伊地知にとっては大きなモチベーションとなった。

自分に出来ること。自分のすべきこと。それは後悔でも心配でもない。

これからも、自分は自分の仕事を頑張っていこう。

そう決心した伊地知は、上機嫌で自分のデスクまで歩いてきて――、

「…………んん？」

デスクがなかった。

いや、厳密にいえば、一目でそれが自分のデスクだと分からなかった。

パソコンも、それ以外のスペースも、机本体のシルエットも、山と積まれた書類に埋もれていたからだ。

伊地知は震える手で、書類の一番上のメモを開いた。

五条の字だった。

――詳細はＵＳＢメモリ内に。

恐る恐る、伊地知は書類をかき分けてパソコンを起動すると、パスワードに保護されたメッセージファイルを開く。

五条の指示書が出てきた。

・①呪術高専東京校に出入り出来る機関及び個人のリストアップについて。
・②交流会襲撃における呪詛師一派に対する現時点での情報整理について。
・③交流会襲撃に使用された帳《とばり》の媒介呪具の術式詳細精査について。
・④呪術的、物理的双方の介入に対し堅牢な極秘事項用連絡手段の整備について。
・⑤高専建屋復旧工事業者の手配と高専側からの作業監督者任命について。
・⑥高専建屋復旧工事の費用捻出における予算運用整理について。
・⑦大規模術式による森林破壊に対する環境保護団体の視察申請について。
・⑧
………⑨………⑩………⑪………。

「…………」

パソコンを見て。

書類を見て。

もう一度パソコンを見て。

伊地知は油の切れたからくり人形のような動きで、傍にいた同僚に首を向けた。

「あの、五条さんはどちらに……」

「所用があるとかで外出中です。何日か高専を空けるそうで」

「あ、そうですか…………」

伊地知は、よく晴れた空を窓越しに見上げた。

——うん、そうだ。こういう人だった。休ませてパフォーマンスが回復したら、そりゃ全力で仕事を振ってくるに決まってる。

空を流れる白い雲の向こうに、五条の幻影が浮かんでいる気がする。

まあ、それだけ信頼されているということの裏返しでは、あるのだけれど。

伊地知はどこか乾いた笑いを漏らしながら、とりあえず無造作に積まれた書類を整理する作業から取り掛かる。

すっかりとれた肩こりが、あっという間に戻っていくのを感じていた。

ゼンイン
マキ
2019.11.30

第４話　幽《ゆう》往《おう》舞《まい》進《しん》

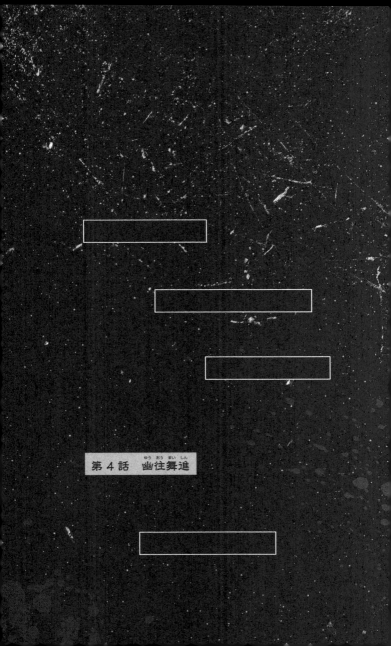

歴史には色がある。

生活や文化、気候風土。

その国、その街が長きをかけて、作り上げてきた色である。

新陳代謝著しい東京《とうきょう》に比べ、古都たる京の彩りは深い。

都会と呼べるビル群の傍らには、古くより連綿と積もり続けた、街の痕跡が根付いている。言葉にも、史跡にも、自然にも。それを伝統と人は呼ぶ。

古き土地であればあるほど、多くの色が混ざり合い、色相を豊かにする。

だからこそ、京の景色は美しい。

だが、美しいものだけではないことを、禅院真依《ぜんいんまい》は知っている。

長き歴史の営みは、良《あ》きも悪しきも混ぜこんで、複雑に土地を染めている。綺麗《きれい》な色もあれば、汚い色とて混ざり合う。

伝統と妄執。家柄と確執。或《ある》いは呪術師と呪い。

その悪い側面が見えてしまう者にとって、この街は美しさだけでは語れない。

京都《きょうと》の彩りが、伝統の作る色相が、真依にはどうにも煩《うるさ》くて——だから東京から帰ってしばらくは、不満げな顔を見せていた。

「慌ただしい交流会だったわね。もう少し東京に滞在出来なかったのかしら」

京都駅、八条口《はちじょうぐち》側に立つ商業ビル内。

夏であればアイスを売りにしたクレープショップに赴くところ、秋風に肌を冷やした少女たちは、カフェの一角に腰を落ちつけていた。

「しょうがないですよ、呪詛師《じゅそし》と呪霊《じゅれい》の乱入で被害も出たし」

ハートを輪にしたラテアートをスマホで撮り終え三輪《みわ》がそう応える。

この子は毎回写真を撮ってるけど、どこにアップするのだろう。などとぼんやり考えながら、真依はカップの縁を人差し指でなぞり、口をとがらせた。

「でも早過ぎよ。買い物くらい寄って行きたかったのに」

「ねー、私もマルシェ見たかったんだけどな」

カフェラテに蜂蜜を回しかけながら、西宮《にしみや》が会話に参加する。琥珀色《こはくいろ》の蜜がフォームミルクを飾り、輪をかけて甘そうな見た目になる。

真依と三輪は仲が良く、西宮も学年を跨《また》いでいるからといって気にしない。

同学年で遊びに出る機会が多い東京校に対し、京都校ではこの二年、三年複合の女子トリオで遊ぶ姿がよく見かけられた。

一般的な学校であれば、学年の垣根というのは割と高いものだ。

しかし高専はそもそも生徒数が少なく、女子の呪術師となればいっそう貴重。

東京より保守的な気風の京都校において、女子が女子で固まって交流するのは必然と言える。三人の仲の良さには、そういう理由もあった。

「マルシェってどこでしたっけ」

「原宿《はらじゆく》。竹下《たけした》通りのほう」

「桃《もも》は好きよね、原宿。カワイイのが似合って羨ましいわ」

「私は真依ちゃんとか霞《かすみ》ちゃんのが羨ましいけどな。一応先輩の私よりオトナキレイめなコーデ似合うんだもん」

「贅沢《ぜいたく》なこと言うのね。身長高いと選択肢少ないのよ」

「ああ、それはよく聞く話だよね。じゃあ霞ちゃんが一番オシャレしやすいのかな。普段からスーツ着てても違和感ないとかズルくない？」

「スカートで居合い出来ないから着てるだけですよ。あと選択肢広くても、私には東京の物価ちょっとキツくて」

「世知辛《せちがら》いこと言うなぁ霞ちゃん」

「安くていいのもあるわよ、東京は」

真依はブレンドコーヒーを一口啜《すす》り、苦みをゆっくりと呑《の》みこんでから、細くため息を漏らした。

カップの黒い水面に、小さな波が立つ。

「交流会。パッとしなかったわね、私」

低く静かな呟《つぶや》きに、西宮と三輪は一瞬、はっとした表情を見せる。

「やめてよ真依ちゃん。ここにパッとした成績残した人いないでしょ」

「グースカ寝てた私よりマシですよ。刀もなくしたし」

「そうは言ってもね」

頬杖《ほおづえ》をつき、真依は心底不機嫌そうに眉《まゆ》をよせた。

「真希《まき》は交流会での戦績はもちろん、特級相手に時間を稼いで、呪具を託して貢献。流石《さすが》に今回は、昇級推薦もあるんじゃないかって噂《うわさ》。家《ウチ》にも話は届くでしょうね」

「…………」

気まずそうに視線を向けた三輪に、西宮は困った顔を返す。

視線を伏せたまま、真依は自嘲気味に笑った。

「真希と違って術式を備えておきながら、真正面から戦って負けた私は、何を言われることやら」

「……真依ちゃん」

由緒ある呪術師家系。実績主義は当たり前。

未《いま》だ旧態依然とした男性社会が根付く旧家では、女呪術師への風当たりは強く、御三家ともなれば環境は一層苛烈《かれつ》。

真依が置かれている世界、その双肩にかかるプレッシャーが如何《いか》ほどであるか。

西宮も、三輪も、真依と交流しているからこそ大なり小なり、それを理解している。

否。当事者である真依こそが、最もその重みを分かっている。

だからこそ、ふと息をついた瞬間に震えてしまう指先を、愚痴を零《こぼ》す口を止められなかった。

もちろん、それが談笑の空気を曇らせたことも、真依は理解している。

吐き出して多少は気が軽くなったのか、首を振って表情を切り替えた。

「なんてね、今更といえば今更。仮に真希を倒していたところで、大した評価にはならなかったわ。雑魚《ざこ》だものアイツ」

「嘘《うそ》ばっかり！　等級詐欺もいいとこだったじゃないですか！」

思わず反論した三輪だったが、真依がじとりと睨《にら》みつけてきたので口を噤《つぐ》む。どうどう、と宥《なだ》めながら、西宮が助け舟を出した。

「まあまあ、それでも真依ちゃんは私たちと違って一人仕留めてるじゃん。あのカワイげのかけらもない一年」

「ああ、ヘッドショット一発で沈んだ茶髪ね」

「そうそう、自称東北《とうほく》のマーくん」

「チームメイトにツッコまれてましたよね」

「名前なんだっけ。釘坂《くぎさか》……オバマ？」

「覚えてないわ。雑魚だし口悪いし短足だし」

「生意気だしカワイくないしピコピコハンマーだしね」

「ボロクソ言うなぁ……」

ヒキ気味の三輪が呟いた後、しばし会話が途切れる。

それから、はぁ、と三人分のため息がその場に満ちた。

なんだかんだと言って、全員敗北したのは確かなのだ。思い出せば肩も落ちる。

これでも二日目の野球大会で大騒ぎし、鬱屈した空気は随分となくなったものの個々の悔しさは残るものである。

とはいえ、そうでなくては敗北の意味がない。

虎杖襲撃《いたどり》というイレギュラーはあったものの、生徒同士の交流戦は本来、生き死にのない勝負。呪霊との戦いとは違う、結果を次に踏まえることの出来る戦い。

敗者は、悔恨に心を刺激されて成長する。

悔しさこそが彼女たちの財産である。

——という理屈を好むのは東堂《とうどう》あたりで、今の彼女たちの胸中を占めるのは単純なムカつきに他ならないのだが。

そんなもやもやした気持ちが、また愚痴となって溢《あふ》れ出しそうなタイミング。

淀《よど》んだ空気を読もうともせずに、やってきた者がいた。

「まーいさん」

「あら」

呼ばれて振り向いた真依に、一人の少女が手を振っていた。

薄赤く染めた髪に、ベージュのブレザー。いかにも一般の学生が下校中に寄った、という雰囲気は、高専生の纏《まと》うものとは違う。

真依はその顔を見ると、少し眉の角度を柔らかくした。

「由宇《ゆう》。学校帰り？」

「うん。今日は部活が無かったから」

「そう、秋だものね。体育会系は大会終わったら落ちついてくるか」

由宇と呼ばれた少女と、親しげに話す真依。

二人の姿を眺めながら、西宮は首をかしげて三輪に話をふった。

「真依ちゃんの友達？」

「ああ、彼女は――」

「申し遅れました。高専の生徒の方々ですよね」

三輪が説明する前に、由宇が声を挟んだ。

「私、東山区《ひがしやまく》周辺を中心に、呪術師のみなさんに情報提供者として協力させてもらっている槇村《まきむら》由宇って言います」

「情報提供者って……じゃあ、いわゆる外部協力の〝窓《まど》〟？」

「はいっ！　そう呼ばれてます」

「へぇ。私は三年の西宮桃、よろしくね。その感じだと、真依ちゃんも霞ちゃんも知り合いなんだ」

「ええ。私というか、真依の知人なんですけど」

三輪が視線を向けると、由宇はふんす、と鼻息が聞こえんばかりの勢いで胸を張る。

「はいっ！　真依さんは私のお姉さまですから！」

「ンフッ」

西宮は辛うじて、カフェラテから顔をそむけながら吹き出した。

「真依ちゃん、曲がってるタイでも直してあげたの？」

「なにそれ。お姉さまはやめろって言ってるんだけど、聞かないのよこの子」

肩をすくめる真依の代わりに、経緯《いきさつ》を知っている三輪が説明に入った。

「先天的に呪いが見える子だったそうなんですけど、呪霊に付きまとわれて困ってるところを真依が助けてあげたんですよね。それから高専の協力者に志願したそうで」

「はい！　真依さんは命の恩人ですから！」

「だって。凄いね真依ちゃん」

素直に褒める西宮に対し、真依は眉をよせた。

「祓《はら》ったのは蝿頭《ようとう》よ。褒められても馬鹿にされてるみたいじゃない」

「それでも真依さんに助けてもらったのは事実です。だから私も真依さんの力になりたくて窓になったんですよ。協力出来ることがあったらなんなりと言ってほしいです！」

「じゃあレジ横のケースに入ってるスコーン買ってきて」

「わかりました！」

そう言うと、由宇は意気揚々とレジへ向かう。

そんなやりとりを、三輪と西宮は「マジかよ」と言いたげな様子で見ていた。

「真依、パシリはダメでしょ」

「だってあの子楽しそうなんだもの」

「真依ちゃんってたまーに女たらしになるよね」

「どういう意味よ、それ」

カフェの一角には、明るい賑《にぎ》やかさが戻っていく。

結局、由宇は頼んでもいないのにチュロスまで買ってきた。


「じゃあ、今はその徘徊《はいかい》する呪霊ってのを追ってるのね」

少しぬるくなったコーヒーを啜りつつ、真依は呟いた。

由宇を会話の輪に加え、高専でのことや交流会のこと、あれやこれやと話すうちに、最近京都に出没する呪霊の話題が持ち上がった。

「はい。被害は今年の六月ごろから起きていたのですが、現場も被害者もバラバラで呪霊の痕跡が追えなかったようで。最近ようやく、同一の呪霊が広く徘徊して人を襲っていることが分かったそうです」

「窓にしては詳しいんだね」

「ふふ。補助監督の田辺《たなべ》さんに聞いたんですよ。最近は私の担当する区域でよく被害がでているもので」

「ふぅん」

この子、口軽いけど大丈夫かな。と西宮は少し心配になった。

呪術師には呪術の才能以外に、純粋に非日常への耐性が必要である。

殺し、殺されることが日常茶飯事。穏やかにお茶を味わっている時でさえ、この平和な街のどこかで呪いが蠢《うごめ》き、誰かが呪われている。

明日もまた誰かが死に、或いは己が死ぬ。

それを頭の中心に受け入れながら生きなくては……五条悟《ごじょうさとる》の言葉を借りるなら、〝イカレて〟いなくてはならない。即《すなわ》ち、咄嗟《とっさ》の事件や襲撃の際、即座に頭のスイッチを切り替える覚悟の有無。

たとえ一線で戦う呪術師でなくとも、呪いに関わる者には緊張感が必要。

由宇という少女には、それが感じられない。

外部スカウトで呪術師となった三輪から見ても、由宇という少女には危うさを感じてしまう。「この子危なっかしいですよ」と言いたげな視線を向ければ、真依もそれは重々分かっているとばかり、片眉を上げる。

「由宇。アナタの周辺で被害が出てるって言ってたわね」

「はい」

「もしその呪霊を発見したらすぐに高専に連絡するのよ」

「もちろんです。私はとても呪霊と戦ったりは出来ないし、真依さんにきちんと伝えるようにします」

「私に直接伝えてどうするのよ。教師か補助監督を通しなさい」

「だって、少しでも真依さんに呪霊を祓ってほしくて。実績重ねたほうが、昇級推薦にもつながるんですよね」

「慕われてるね、真依ちゃん」

呆れ交じりではあるが、微笑《ほほえ》ましそうな笑顔を向ける西宮。

真依の立場や苦労を少しでも理解し、力になろうとする存在は――やや行き過ぎているきらいはあるものの――西宮からすれば喜ばしいものではある。

そんな西宮の視線を、真依は鬱陶しいと言いたげに手で掃《はら》う。

あんまり弄《いじ》られても困るな、と真依が考え始めたころ、スマホで時計を確認した由宇がそそくさと席を立つ。

「あ、すみません。私そろそろ行かないと」

「友達と約束でもあった？」

真依に尋ねられると、由宇はわざわざ向き直って首を振った。

「いえ、仕事です。件《くだん》の呪霊、先日は伏見《ふしみ》稲荷《いなり》、その前は名神《めいしん》高速道路のほうで夕刻……黄昏時《たそがれどき》に確認されていまして。次は東福寺《とうふくじ》周辺あたりが怪しいと睨んでるんです」

「睨んでるって、まさかアナタ独自に調査してるの？」

「危ないですよ。本格的に呪霊の痕跡を追うなら、呪術師に任せないと」

さすがに三輪も口を挟むが、由宇は心配などどこ吹く風。明るい笑顔で返答する。

「ええ、あくまでも残穢《ざんえ》の確認程度にしておきます。呪霊が怖い存在だってことはよく分かってますし……」

由宇はそのまま、視線を真依へと向け、

「もし危ない目にあった時は、また助けてくださいね」

ぱちん、と片目を閉じて見せた。

三輪と西宮の視線も向けば、真依はウンザリしたように目を細める。

「スコーンとチュロスの分くらいはね」

「はいっ！」

ため息交じりに肩をすくめた真依に、由宇は心底嬉《うれ》しそうな笑みを浮かべて歩いていく。

まるで鴨《かも》の雛《ひな》に懐かれたようだ、と真依は思う。

「ちゃんと助けるんだ」

「社交辞令よ」

笑う三輪から目を反らすように、真依は店の出口へ視線を投げる。

見えなくなるまで、由宇は律儀にひらひらと手を振っていた。

「でも実際意外だったかな。真依ちゃん、前にもあの子を助けたんだよね」

西宮の問いかけに、真依は片目をつぶる。

「さっきも言ったけど、蠅頭よ」

「蠅頭だったら放っておいてもいいじゃない。わざわざ助けたんだなって」

「ほとんど無害でも、気色悪いものが見えてるのは不愉快でしょ。でも正直、助けて後悔してるわ」

もう冷たくなったコーヒーを飲み干して、真依は顔をしかめた。

「誰かに縋《すが》れるって勘違いは、タチ悪いのよ」

真依の視線が遠くを見ている気がして、西宮と三輪は目を見合わせた。

Ｋ女子大学付近で、窓との連絡が途絶した——という話が聞こえてきたのは、それから一週間後のことだった。


「手遅れでしょうねェ」

田辺と名乗る補助監督は、淡々と結論を出した。

任務指令を伝えに来たわけではない。

生徒の方からコンタクトを取り、呪霊被害に関する情報を求めるケースは珍しく、かつ煩わしいものであったが、事情を聞けば田辺は公開可能な範囲で情報を伝えた。いかにも薄情ではないか、と言いたげな顔を向けた三輪に対し、田辺は槇村由宇が領分を越えた調査を行っていたことを付け加えた。

広域徘徊怨霊。

推定等級は、甘く見積もって二級。

多くの呪霊が一箇所に根付くのに対し、彼《か》の呪霊はその名の通り、市街広域を徘徊するのだが、無軌道なわけではないという。

その呪霊は、視線に強く反応するという。

視線への反応自体は多くの呪霊に見られる性質だが、今回の呪霊ではその傾向が特に色濃い。呪いの素となった人格が影響したのかもしれないが、それは呪霊への対処には重要な問題ではない。

呪術師としての資質を見出されるほどでなくとも、呪いの存在をなんとなく感じられる――いわゆる〝霊感の強い人間〟は時折存在する。

件の呪霊が襲っているのは、そういった人間だった。

己を認識出来るが、抵抗する力を持たない人間。

視線に敏感なその呪霊は、そうして獲物を品定めする一方で、戦闘力を持つ呪術師の視線からは即座に逃亡、狡猾《こうかつ》に被害を増やしていた。

槇村由宇が目を付けたのは、その特性。

戦闘力を持たない監視者である〝窓〟であれば、呪霊を誘導出来るのではないか。

そういう提案が、彼女からあったそうだ。

「当然却下しましたよ、ええ。そもそも件の呪霊は、そういった特性からむやみに〝窓〟の被害を出さないよう、特別慎重に調査されていたんです」

田辺の声には苛立《いらだ》ちがあった。

「はァ、救出任務？　組みませんよ。余裕をもって対処出来る一級呪術師は常に人手不足。まして呪霊の危険性を理解しながら、自ら危険を冒した窓など。薄情と仰っていただいても結構。……子供を見捨てる？　私たち大人からすれば、アナタ方生徒も子供。調査不十分な呪霊の対処に、三級前後の生徒を派遣するわけがない」

聞こえてくる話からは、由宇という少女の浅慮が浮き彫りになるだけだった。

推定二級呪霊への勝手な接触。

自己判断での単独調査。

どこを取っても、同情の余地はない。

三輪はそれでも不満げに、西宮は仕方ないとため息交じりに、それぞれの表情で事務室を後にする。

真依が最後に、部屋を出た。

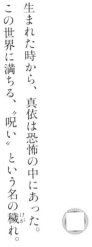

生まれた時から、真依は恐怖の中にあった。

この世界に満ちる、〝呪い〟という名の穢《けが》れ。それが見える目を持って生まれてきたことを、真依は何度恨んだか分からない。

青い空は美しく、街の彩りは鮮やかなのに、綺麗《きれい》なだけでは終われない。

呪術師の家になど生まれなければ、世界が呪われていることを知らなければ……彼女の瞳《ひとみ》は、綺麗な色だけを見つめていられたかもしれない。

呪いが見える恐怖が如何《いか》ほどのものであるか、真依にはよく分かる。

恐くないはずがない。

平気で向き合えたはずがない。

助けてくださいね、という声が、真依の耳にこだまする。

「……馬鹿バカしい」

軽く交わした口約束。

果たす義理などありはしない。

田辺の言う通り、由宇は勝手に危険を呼んだのだ。浅慮を踏まえて助けてやるほどの仲ではないし、まして敵は二級、真依は三級。そもそも身に余る案件だ。

「出来るわけないじゃない」

時刻は深夜。一人で籠る自室。

聞こえてくる音などないのに、耳を塞ぎ、目を閉じる。

見捨てることが正解だ。

誰も責めたりなどしない。

なのに、不快感だけがある。胸中を掻《か》きむしる何かの正体を、真依は一人で探している。


――嘘つき。


不意に、頭の中から覚えのある声が響く。

瞼《まぶた》の裏に、顔が浮かぶ。真希だ。

腕で虚空を振り払うが、消えない。真希の瞳が、じっと見つめてくる。

「何が言いたいのよ。馬鹿じゃないの」

絞り出すように、うめき声を上げて……やがて気づく。

よくよく心の中で目を凝らせば、それは真希の顔ではない。

子供のころの、真依そのものだ。

「――嘘つき」

今度ははっきりと聞こえた。

呟いているのは、真依自身の声だった。

頭の中で記憶が巡る。いくつかの景色が切り替わる。

手を繋《つな》いでくれた姉。離さないと約束してくれた姉。一人で勝手に大人になって、自分を置いて出て行った姉。

嘘つきと責めるのは、妹のほう。

泣きそうなのはいつも、自分のほう。

「……私は」

深く、深く呼吸する。

言葉を手繰り、口にする。

「私は、真希とは違う」

ホルスターに拳銃を差しこみ、コートを羽織る。

自分が何をしているのか、理解しようとする頭が働かない。たぶん馬鹿を行おうとしていて、ロクなことにならないのは確か。

それでも体が動くのは、どうにも我慢がならないからだ。

ちっぽけな約束の言葉を拠《よ》り所にして、信じていた。あの愚かな少女の姿が、我慢ならないからだ。

だから行く。

信じることなど無意味だと、約束は破られるためにあると、自分もそれを証明する側になるのが――ただ、只管《ひたすら》に不愉快だから。

夢を見ているような頭のまま、突き動かされるようにドアノブを捻《ひね》る。

暗い廊下に、二人分の影があった。

「霞。桃。……どうして」

「たぶん行くんだろうなぁ、って思ってたから」

箒《ほうき》で、とん、と床を叩《たた》き、西宮が言う。

「でも一人なんて、水臭いじゃないですか」

刀の柄《つか》に手を置いて、三輪が言う。

「……物好きばっかり」

呆れたように、真衣は返す。

廊下を歩けば、三人分の足音が静かに響く。

西宮と三輪は当然のようについて歩く。真依は振り返らないままで、声をかける。

「点数にも収入にもならないわよ」

「私は真依ちゃんと霞ちゃんについてくのが好きなだけだから」

「収入にならないのは困るので、せめて損害を出さないようにしましょう」

──まったく。

これより向かうのは割に合わない危険。骨折り損のくたびれ儲《もう》け。

誰から褒められることもなく、むしろ咎《とが》められて当然の行い。

それでも、その脚が進むのは──。

「ねえ真依ちゃん。あの子のこと、そんなに心配だった？」

「まさか。馬鹿なガキよ」

「じゃあ、どうして助けに行く気になったの？」

西宮の問いかけ。

「私は──」

無難な言葉を考える、論理的に頭は働かない。

だから、ただ浮かんだ台詞《せりふ》が、真依の口からそのまま漏れた。言ってしまった後に、微《かす》かな後悔が襲ってきた。

「私を嫌いになりたくない。それだけよ」

嚙《か》んだ唇《くちびる》が、夜の寒さに痛んだ。

K女子大から南へ向かうと、大きな墓地が広がっている。

呪霊が向かうならそちらだろうと目星をつければ、案《あん》の定《じょう》、残穢を辿《たど》ることが出来た。

墓地からさらに南下して、線路を越えて寺院を横切り、古い街並みを区切っている、朽ちた木塀の道を進んでいく。

荒れた空き地や苔生《こけむ》す土蔵。暗い公園と雑木林。

いかにも畏れの吹き溜まりそうな道。呪いには住みやすい街だと真依は思う。

残穢の濃いほうへと従って、道なりに足を進めていけば……どうやら行き止まりと思《おぼ》しき、大きな建物へと辿り着いた。

「……学校ですよね、これ」

「元、だけどね。今は廃屋」

三輪の呟きに、西宮が答える。

呪術師に言わせれば、大きな施設ほど呪いの受け皿になりやすい。

学校などはその筆頭。まして古い街の廃校舎ともなれば、これほどお誂《あつら》え向きなスポットはない。

　残穢の足跡は、校舎の中へ続いている。

　スマホのライトで照らすと、校庭にまっすぐ軌跡を刻む残穢の傍らに、まだ新しい血痕がある。

「どうするの真依ちゃん。正面から踏みこむのは危ないと思うけど」

「桃と霞は私が呼ぶまで待機してて」

「一人で入る気ですか？」

「聞いたでしょ。呪霊は狡猾《こうかつ》。狙うのはあくまで呪霊を認識出来て、且つ、対処する力を持たない人間。アナタたちじゃ目を合わせただけで、逃亡されてしまう」

「それなら真依だって――」

　三輪が言い切る前に、真依は足取りを速める。

　二人から数歩離れて、振り向いたその表情は、微かに自嘲を孕《はら》んだ笑顔を浮かべていた。

「私が一番、弱くなれるの」

　その一言で、二人は真依の狙いを察した。

　構築術式《こうちくじゅつしき》。

　無から有を生み出す術式。効果の質だけを見れば破格の性能だが、それ故に呪力の消費は激しく、体への負荷が大きい。

一日一発の弾丸を作れば、それで限界。

三級呪術師である真依の呪力で、早々に術式を使用すればどうなるか――。

「危険だよ、真依ちゃん」

「知ってて来てるのよ、大丈夫。校舎の構造を把握してからLINE送るから、後は指示の通りによろしく」

暗い校舎の玄関へ、真依は踏みこんでいく。

「交流会で助けたぶん、きっちり返してね」

黒いコートに身を包んだ背中は、闇の中へと消えていった。


そも、呪いとは恐ろしい物である。

人を害し、命すら奪う。霊長を気取る人類の、明確なる天敵である。

そんな当たり前の事実を、呪術師も時に忘れている。

なまじ、対処する力を備えた故か。或いは日常茶飯事のごとく関わり過ぎて、感覚が麻《ま》痺《ひ》してしまうのか。

何方《どちら》にせよ、分かっているつもりで分かっていない。

呪術師としては、一流ではないと自覚している真依でさえ、抵抗する手段を持っているが故の、驕《おご》りのようなものが確かにあった。

だからこそ、この期《ご》に及んで目が覚めた。

事前に呪力を消費することによる、囮《おとり》戦法。

術式使用後の真依には、とても二級呪霊に抵抗出来る呪力は残っていない。それどころか肉体も疲弊し、脈拍は乱れ、鼻孔からは出血すら見られる。

満身創痍《まんしんそうい》。

手負いの兎《うさぎ》。

今では蠅頭を祓うのすら容易ではない。

そのような状態で……真依は校舎三階、廊下の端の行き止まり。

相対《あいたい》した呪霊の姿に——思い出した。

恐怖を、思い出した。


『————見ィつケたァ』

尋常な容貌ではなかった。

焼け爛《ただ》れた肌。細長く、節の目立つ腕が六本。

バレーボールのように膨らんだ顔に、やけに細長い目が縦に四つ。瞳がぎょろぎょろと広く蠢いて、一斉に真依へ向く。

唇はなく、剝《む》き出しの歯をカチカチと鳴らして笑っている。人間が浮かべる表情ではないのに、人間の嫌な感情だけが凝縮したように見える。

醜い異形でありながら、縮れた長い黒髪が、辛うじて呪霊の姿に少女らしさを持たせている。人であるはずない物が、人に似ている。それが生理的嫌悪を誘う。

外見だけで理解出来る、存在の隔たり。

これが呪い。

この世界を蝕む、人間の天敵。

――嫌だ。

嫌だ、いやだ。怖い。こわい。痛いのも、頑張るのも、うんざりなのに。

呪術師なんて本当、クソな役回りばっかり。

胸の奥から、本音が溢れ出す。

血潮が凍るような怖気《おぞけ》が、頭に耳鳴りを響かせる。

「……ぁ……」

渇いた喉《のど》を震わせても、唾液の一つも出てこない。

それでも息をのみ、歯を食いしばる。

呪霊の傍らには、由宇の姿があった。

まだ息はあるが、無事とは言えない。青く腫れあがった瞼と、呪霊に浸食されたのか、ケロイド状に爛れた頬。

右足が折れ曲がっている。逃げろと促すことすら不可能。左腕は肘《ひじ》から先がない。呪いの浸食で出血は少ないが、失血死《しっけつし》は遠くないだろう。

危害を加えられたというよりは、乱暴に遊んだら壊れてしまった……という様子。その扱い方から、呪霊が人間をどう捉えているのかが分かる。

呪霊にとって由宇は、おそらく替えの利く玩具《おもちゃ》。

そして今は、目の前に現れた新たな玩具——真依に興味を惹《ひ》かれている。

「……真依、さん……？」

腫れた瞼を開き、由宇の瞳が真依を映す。

恐怖か、安堵か、目尻に滲《にじ》む涙の理由は分からない。

ただ、その顔と向き合えば、真依は堂々と振る舞う必要があった。

「目を閉じてなさい。見えなきゃいないのと同じよ」

馬鹿な選択をしてしまった。

逃げられないところまで来てしまった。

だから、もう不安なんてないみたいに、突き進むことしか出来ない。

携えたリボルバーを構えると――しっかりとした動作で、撃鉄を起こす。

「おいで、不細工」

マズルフラッシュが、校舎の闇を照らす。

弾丸は吸いこまれるように、呪霊の額《ひたい》を捉えた。

見かけより間抜けな呪霊だ、と笑えたら良かったのだが、効いていない。そもそも呪霊にとって、避《よ》けるまでもなかったと言える。

真依の銃弾には、呪力が籠っていなかったからだ。

『見てルヨ？　見えテる？　見えテるよォ？　見てェル？　見てるゥ？』

呪霊は細長い腕を揺らしながら、緩慢な動きで歩き出す。

まるで蝸牛《かたつむり》の如《ごと》き速度。

それがゆっくりと、ゆっくりと、少しずつ速度を上げて、ケタケタと笑いながら、真依のほうへと寄ってくる。

呪霊が由宇から離れたことを確認すると、真依は視線を外さぬようにして、銃口を向けたままで後ずさる。

目を合わせているだけで、汗ばむようなプレッシャー。

震える指で撃鉄を起こし、もう一発。効かない攻撃を放つのは、弾薬どころか精神をすり減らすようだ。

狙いの逸れた銃弾が壁を傷つけると、呪霊はついに走り出す。

真依もまた、廊下を全力で走り出した。だが見失っては話にならない。こまめに振り返って視線を向けながら、自身を餌に呪霊を誘導する。

古びたタイルの床を蹴り、壁紙の朽ちた壁を押して、埃《ほこり》にまみれた階段を、数段飛ばしで降りていく。

踊り場を曲がりながら振り返れば、呪霊は六本の腕をも使って、蜘蛛《くも》のようにかさかさと走っている。

「あの腕は、ある程度伸びるのね」

移動手段にはもちろんのこと、見た目よりもリーチが長い以上、距離にはいっそう気を配らねばならない。

捕まってもいけない。引き離してもいけない。

付かず離れずの鬼ごっこを、真依は命をかけて実践する。

『見てルよ？』

「くっ――」

急に伸びてきた腕に、コートの裾を掴《つか》まれた。

ぶわっ、と肌が粟立ち、思考が焦りで塗りつぶされる。唇を噛み締め、腕の震えを押さえつけて、コートを銃で撃って引きちぎり、走る。

極度の恐怖と緊張、蓄積した疲労に鞭打《むちう》つ疾走。

攣《つ》ったように肺が痛み、足は枷《かせ》がついたように重くなる。体を動かす全ての信号が、無謀な試みを咎めている。

それでも止まるわけにはいかない。

由宇を死なせるわけにもいかないが、自分が死ぬわけにもいかない。

間違っても犠牲になど、なってはならない。

我が身可愛さだけではない。由宇を救いたいだけでもない。

生きて帰らねば、無事に助けなければ、自分の言葉を嘘にする。

ただ、そうしないためだけに、真依は走っている。

『見てるヨ？　見テ？　見テるよ？　見ル？』

「煩《うるさ》いわね！」

もつれそうな足を無理やり速めて、真依は数メートルの距離を稼いだ。

しかし――そこは二階廊下の端。

真っ白な壁の、行き止まり。

いわゆる袋小路に、真依は突き当たった。

「っ……！」

『――見ィつけたァ』

振り返れば、呪霊。

六本の長い腕を、廊下の幅いっぱいに広げ、立ちはだかっている。

とても横をすり抜けて逃走出来るとは思えない。

リボルバーの残弾は三発。構築術式によるリロードもなし。

無理に呪力を籠めようものなら、消耗で歩くことすら出来なくなる。そこまでしても尚《なお》、この呪霊に致命傷を与えられるとは思えない。

二級呪霊を相手にして、一人では逃走も闘争もかなわない。

袋の鼠《ねずみ》。

八方塞がり。

全ての位置的、物理的状況が、絶望を示している。

『見つケた。見ツケた。見つけタァ』

にたり。と、呪霊は歯茎《はぐき》の目立つ口で笑って見せる。

獲物を前にして牙《きば》剝く行為が、笑顔の起源であるという。その理屈が、今の真依にはよくよく理解出来る。

呪霊から見ても、真依はもはや〝詰み〟なのだろう。

もはや急ぐでもなく、むしろ追い詰め恐怖を与える時間を楽しむように、真依のもとへジリジリとにじり寄る。

呪霊の発する濁った気配が、炙《あぶ》るように近づいてくる。

この呪霊はきっと、すぐに殺そうとはしない。

攫《さら》われた由宇が、未だ生きていたことが物語っている。

遊んで、嬲《なぶ》って、無遠慮に人体を弄り回し、その末に〝うっかり〟壊されていく。

痛々しい由宇の姿が、真依の脳裏に蘇《よみがえ》る。それが己の、未来図であると。

一人では、最早《もはや》その結果を変えることは出来なかっただろう。

そう、一人なら。

「甘く見積もって二級。そういう話だったけど……獲物を前にして舌なめずり。アナタやっぱり、一流じゃないわ」
『あァ？』
瞬《まばた》きし、訝《いぶか》しむように目を細める呪霊。
真依は後ずさり、〝何もない真っ白な壁〟に背を付けた。
コートのポケットに、手を忍ばせる。
「目に頼り過ぎたわね」
親指でスマホを操作し、通話を発信する。
合図はそれだけで済んだが、真依は気づけば叫んでいた。

「――桃！」

即座に真依は、頭を低くして深く腰を落とした。
瞬間、〝真っ白な壁〟の一部が剝《は》がれ、現れた窓から、強烈な突風が吹きこんだ。
『おォおおおおオォォおおおおオオオオ⁉』
剝がれ飛んだのは、真依が構築術式で作った偽の壁。
一日に弾丸一発が限界の真依では、堅牢な壁を形成することは出来ない。

だが暗い廊下の中で、窓を一枚隠すくらいは出来る。

西宮は呪霊を視認することなく、真依の指示したタイミングで、あらかじめ開けられていた窓めがけて、風を流しこむだけでいい。

狭い廊下に流れこんだ風は逃げ場がなく、呪霊を一気に吹き飛ばす。

『あぁあアァアァアあああ！』

呪霊は長い腕を伸ばし、壁に突っ張って堪《こら》えようとする。

真依は窓の真下、風の死角へと陣取ったまま両脚を踏ん張り、リボルバーを構える。なけなしの呪力を残りの弾丸へ込めて、トリガーを引く。

銃声、一発。

無理をさせた身体が軋《きし》む。

割れそうな頭痛が襲い、眼窩《がんか》からは血涙が滲む。真依は瞳を閉じはしない。

二発、三発。

撃ちこまれた銃弾は呪霊の手を怯《ひる》ませたが、とても致命傷には成りえない。

呪霊は廊下の逆端へと吹き飛ばされていく。

それでも威力不足。この風と銃弾では仕留めきれない。今の真依には、とどめを刺すだけの力がない。

だが、それでいい。

もとより真依には、自分が勝負を決める気などさらさら無い。

なぜなら、廊下の逆端には、最初から待機している。

「あとは出来るでしょ、霞」


「――――シン・陰流《かげりゅう》。簡易領域《かんいりょういき》」


三輪霞が形成する、半径2・21mの簡易領域。

目を閉じ、視界に頼らずとも行える、全自動《フルオート》反射での迎撃術。

西宮の風。真依の銃弾。逃げ場のない廊下。姿勢を崩された呪霊。

二重三重の状況構築。

これだけ条件がそろっていれば、逃さない。

それは正面迎撃に特化した、シン・陰流最速の技――〝抜刀《ばっとう》〟。

『あああぁああァァあァァああ！　見テ！　見ツケた！　見つケて！　見――――』

銀の一閃《いっせん》が、暗闇に瞬く。

異形の影は、二つに割れた。

翌日、槇村由宇は東京校へ搬送されることとなった。

心身を侵食した呪力の後遺症及び、単純な外傷の重さを鑑みて、家入《いえいり》医師を頼っての処置だった。京都で同レベルの処置が可能な医師は、手が空いていないとも言える。

元より救出の予定はなく、死亡扱いになっていた人材。

そもそもが外部協力者であることから、彼女を復帰させる理由は何もない。むしろ愚かな行動を起こして要らぬ危険を招いた者。

呪術師でもなし、切り捨てて問題はない。

むしろ治療まで施すのだから、厚遇と言える。

応急処置を施された由宇は、京都校の医務室で搬送を待っていた。

窓の外は、秋晴れの空。

高くを行く雲の流れは遅い。

由宇の胸中とは裏腹に爽やかな陽気だが、せめて外の空気に触れれば少しは気がまぎれるかと、由宇は片手で窓を開ける。

途端、頬を撫《な》でるような優しい風が舞いこんで——魔女が箒で降りてきた。

「こんにちは。歩けるようになったんだね」

箒に横向きに腰掛けた西宮を見上げ、由宇は失くした片腕を押さえた。

「……呪術で止血してもらって、痛みもないですから」

「腕は拾えたから、縫合がうまくいけばくっつくらしいよ。反転術式《はんてんじゅつしき》で治療出来るお医者さんが診てくれるから、予後もいいって。良かったね」

「……ご迷惑をおかけしました」

「まあ迷惑だったけどね」

歯に衣《きぬ》着せぬ物言いではあるが、西宮は責めるような声色ではなかった。

小柄な体躯《たいく》で、しかし悪戯《いたずら》な子供に向けるような呆れた笑顔は三年生として、また一端《いっぱし》の呪術師としての貫禄があり、由宇には眩しかった。

「真依ちゃんから伝言。これに懲りたらもう付きまとわないで。顔も見たくないから、次は知らないところで勝手に死んで。ってさ」

「…………優しいですよね、真依さん」

「今の聞いてそう思える？」

「はい」

「そっか」

そう解釈出来るのなら、行動は浅慮でも、真依を慕っていたことは間違いないのだろう。

それが分かるから、西宮は由宇に冷たく接しきることは出来なかった。たとえ無能な味方でも、彼女は味方だったのだろう、と思った。

「元気で暮らしなよ。じゃないと私たちが呪いを祓う意味がないもん」

「……はい」

「泣かない泣かない。それ以上目を腫らしたらカワイイ顔が台無し」

レースで縁取られたハンカチを渡して、西宮はふわりと空へ舞い上がった。

秋風に乗って、箒は大きな弧を描く。

ネクタイを締めたような柄の鳥が、ひらりと横を飛んでいく。あれはなんだったかな、と西宮は首をかしげる。

木々の葉と同じ高さで飛んで、瓦屋根を横切って、箒はふわふわ飛んでいく。

校舎の玄関に立つ人影を確認すると、西宮は高度を落としていく。

「はい、タクシー」

「初乗り八百円ね」

「高くないかしら」

真依はひらりと、箒の後ろに乗った。

小さな箒、二人を支えるのは少し心もとないが、ゆっくりと寮に戻るくらいは問題ないようだ。

タンデムしながら、西宮は少し高度を上げる。

静かに話したい時は、廊下よりも空がいい。

「桃、髪が少し邪魔ね」

「好きでやってるの。前みたいにハンドルにしないでね」

「はいはい。霞は？」

「田辺さんに言い訳してくれてる。あの子、補助監督の心象もいいからね」

「そう。後で埋め合わせしないとね」

ぽつりぽつりと、雨の降り始めのような緩やかな会話。

高くを飛ぶから、遠くが見える。真依の視線は、その遠い場所を向いている。

敷地の入り口に、黒塗りの車がやってきて、乗りこんでいく人影がある。表情までは見えないが、しっかりとした足取りで歩いていた。

「顔、会わせなくてよかったの？」

「いいの」

「そう」

短いやりとりだった。

西宮は何も追及しなかったし、真依は何も続けなかった。

真依は己の言葉を護り、たった一人を救った。

それは誰にも褒められないし、呪術師としての評価にも繋がらないだろう。勝手な判断で、頼まれもしない呪霊を祓った。

禪院家の小言は増えるかもしれない。風当たりは一層厳しくなるかもしれない。

それでも、そうしたいと思った自分を無視出来なかった。

いつも通りに息苦しい。いつも通りにうんざりする。それでも心の中心は、少しだけいつもより晴れている。

自分の在る位置を見つめ、視点を変えれば、景色は色鮮やかになる。

「遠くまで見えるわね、桃」

「でしょ」

「もっと頑張って上がれば、もっと遠くが見えるかしら」

「大変だけどね」

遠く、遠く、景色の果て。

色とりどりの世界は続いている。
汚い色もきっとある。けれど綺麗な色もある。
相変わらず呪われたこの世界で、呪術師は今日も生きている。

ゼンイン
マイ
2019.11.30

第５話　散《さん》歩《ぽ》道《みち》の後《あと》に

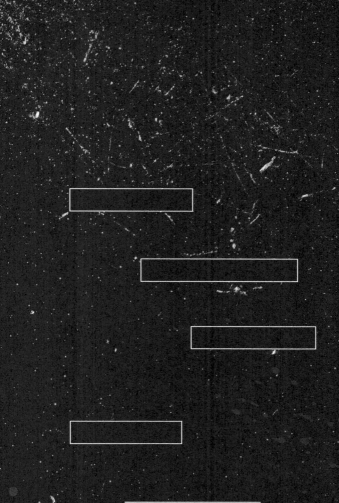

芸術の秋。音楽の秋。

娯楽の理由にするには事欠かない季節。

呪術師とはいえ、高専生徒は学生である。

学業だけが学生生活ではないのと同じで、訓練と任務だけが生き方でもない。

常在戦場の心意気は大事であるが、適度なメリハリをつけなければ身が持たないことも確かである。

体も心も、遊びを持たねば柔軟には動けない。

気を張る時は張るし、気を抜くべき時には抜くのも肝要だ。

交流会を終え、特級呪霊《じゅれい》を退けた直後は緊張感があったものの、呪術師にとっての繁忙期は過ぎ去った。京都《きょうと》校の生徒が帰ったころには、彼らにも日常が戻りつつあった。

言い換えれば、その日の東京《とうきょう》校一年組は、少々暇そうにしていた。

特に釘崎《くぎさき》が暇そうにしていた。

「虎杖《いたどり》、暇」

「見りゃ分かるけど」

「どこ見てそう思ったのよ」

「スマホのアプリ整理ってめっちゃ暇な時にやるやつじゃん」

「ヘイ虎杖。東京。暇つぶし。オススメ」

「Ｓｉｒｉみたいに言われても」

「だってさ伏黒《ふしぐろ》。なんか面白いことない？」

「聞く相手間違ってんだろ」

「ったく、ウチのオトコどもは……」

秋の風も冷えを増す季節。

かといって高専の中にいても暇を持て余し、稽古をつけてもらおうにも二年生組は任務に出かけてしまった。

そういうわけで、完全にオフとなった一年生たちは、特にあてもなく付近のコンビニまで歩きに来ていた。

別に買いたい物があるわけでもない。

それでもなんとなく、雑誌の新刊は出ているかとか、新商品のジュースが出てないかとか、単純に外が少し寒いとか、そういうことで寄ってしまうのがコンビニ。

五条《ごじょう》が「浮世離れしがちな呪術師が、敏感に時流を追える場所」という小難しい建前を述べたことがあったが、何一つマジメに言っていないことを高専生徒たちは分かっている。事実、「今すぐドーナツが食べたい時の緊急スタンドとしか思ってないですよね」とツッコんだ伊地知《いじち》が延髄《えんずい》チョップされていた。

「どっか遊べるとこないかしら。この辺のショップ大体見たのよね」

雑誌コーナーで観光パンフを開きながら、釘崎が呟《つぶや》く。

その隣で、週刊の漫画雑誌を開きながら虎杖が応える。

「今日はぶらぶら外歩きってカンジでもねぇもんな。カラオケもいいけど、夕方まで籠るのはちょっと長過ぎだし」

「今日の気温だと喉《のど》温めないと陽水《ようすい》はキツいしね」

「やっぱ一曲目は井上《いのうえ》陽水なの？」

「そりゃそうでしょ。これでも分かりやすく選曲は『リバーサイドホテル』にしてんの。アンタらに合わせて」

「たぶん気ぃ遣ってくれてんのは分かった。…………うっそぉ!?」

「何よバラエティ番組みたいな声出して」

「読んでたマンガ終わってんじゃん！　二本も！」

「ああ、アンタ死んでたもんね」

虎杖の持っている雑誌を覗《のぞ》きこみながら、なんでもないように言う釘崎。どうして男子はこういつまでも〝少年〟とタイトルにつく雑誌に夢中になれるのかと、首をかしげる。

「マジかー……けっこうショック。浦島太郎《うらしまたろう》ってこんな気分だったのかな」

「大げさね。二か月くらいでしょ死んでたの」

「俺、大っぴらに出歩けなかったから。二か月は週刊漫画が打ち切られるには十分なんだな……伏黒。オマエこの漫画追ってたりしない？」

「しない」

呼びかけられた伏黒は、振り向かずにガムを物色したまま答えた。興味の一片すら向けていない様子だったが、虎杖は慣れた様子で気にしない。

「ちぇー。スゲー気になるとこで終わってたんだけど」

「単行本出るまで待てばいいじゃない」

「それもそっか。……単行本と言えば俺の部屋、マンガもゲームもポスターも全部なくなってたんだよな。死んだことになってたから仕方ないんだけど」

「流石《さすが》に気の毒だったけど、ポスターはもう貼らないほうがいいわよ。つーか死人の性癖察しながら処分する方の身にもなれよ」

「待って？　釘崎が俺の部屋のモン処分したの？」

「処分手伝ったのは伏黒よ」

「ありがとう伏黒！」

「生きてるって分かってたら、とっておいてやったんだけどな」

「いや、処分でいいんだ」

「見られたらマズいもんでもあったの？」

「……別ニ……ナイケド……」

伏黒と虎杖の表情を見ながら、釘崎は目を細めたが、それ以上の追及はなしにした。女子なりの情けとも言える。

「それより、いつまでも立ち読みしてらんないわよ」

「釘崎どっか行きたいとこねーの」

「そういうアンタはないの？」

「じゃあ映画でも観に行く？」

「何か面白そうなのやってた？」

「近くの劇場でスターシャークVSメカゾンビやってんだよ」

「死んだ奴がゾンビ映画観るのだいぶブラックじゃない？」

「その突っこまれ方予想してなかったなぁ」

あっけらかんとした虎杖に対し、釘崎は割と本気で「マジかこいつ」と言いたげな目を向けている。こいつは本当に「いっぺん死んで申し訳ない」と思っているのだろうか、と言いたい気分にもなる。

「ていうかアンタ、なんか映画の趣味悪くなってない？」

「そうか？　ここ二か月、五条先生に色々見せられたしなぁ。面白い映画も見てるだけでウンザリする映画も……百本近く見たんじゃね？」

「得体のしれない中古ＤＶＤめっちゃ持ってそうねアイツ」

「でもスターシャークシリーズは普通に面白《おもしれ》ぇよ？　サメ映画なのにサメが出てくるし」

「映画オタクのズレた薦め方ってキツいわね」

「あれ⁉」

「俺もそれ観に行くなら帰る」

「あれぇ⁉」

割と本気でヒき気味な釘崎と伏黒に、思ったより自分がズレつつあるのを自覚して、虎杖は若干傷ついた。

ただでさえ短期間に高密度の、玉石混合映画生活。

勧めた五条は言わずもがな、吉野順平《よしのじゅんぺい》が結構な映画マニアで話が合ってしまったこともあり、虎杖の映画感覚はちょっとマニアックになっていた。もしかすると鉄板ネタだと思っていた〝『キャスト・アウェイ』のトム・ハンクス〟の物真似《ものまね》も通じないのでは、と少し心配になったが、当然通じないだろう。

どうにも、一言では表せない寂しさを感じる虎杖である。

「えー、じゃあそうだなぁ……」

カラオケも映画もダメ、となるといよいよ選択肢がなくなってきて、虎杖は何かないかと雑誌をぱらぱらめくる。

と言っても、めくっているのは漫画雑誌。

別に近くの観光スポットや有名店の情報が出てくるでもなし、実際にはページをめくりながら、頭の中で考えを巡らせているだけだ。

ところが、ふとめくったページで、手が止まった。

それは現在人気連載中の、とあるスポーツマンガの見開きページ。

「そうだ、スポーツの秋じゃん」

「なんかろくでもないこと思いついた？」

「来年の交流会に備えてスポーツ特訓しようぜ」

「ハァ?」

虎杖の提案に釘崎が心底嫌そうな顔を浮かべている間、伏黒はレジでミントガムの会計を済ませていた。

戻るころには勝手に予定が決まっているだろうな、と考える傍ら、「あたためますか」と聞いてくる店員の頭に乗った蠅頭《ようとう》を祓《はら》っておいた。

◇

そういうわけで、本日の一年生たちにとっての秋は、スポーツの秋となった。

「特訓って何言いだすのかと思ったら、そういうことね」

「一回来てみたかったんだよな、ここ」

コンビニを出てから駅へ向かい、電車に乗って十数分。

一年生三人がやってきたのは、都内にもいくつか店を構える、某屋内スポーツアミューズメント施設だった。

野球、もといバッティングはもちろんのこと、卓球やビリヤードにフットサル、ローラースケートやゴルフ、セグウェイまで楽しめる。軽食もカラオケも備えており、暇を潰すには困らない施設である。

何より地方にもこういった施設は存在するが、都会のそれはバリエーションも規模も違う。単にスポーツの秋と言うと月並みだが、これには釘崎の表情も明るかった。

「虎杖にしちゃいい考えね、ここなら飽きても色々手を出せるし」

「だろ？　伏黒案内よろしく」

「来たことねぇけど」

「ウソ、東京住んでんのに？」

「アンタ東京で何して生きてたの？」

「そろそろその偏見捨てろ」

「憧れって言ってくれよ」

「ダメよ？　重油まみれのカモメに火をつける以外の遊びもしないと」

「なんのイメージだ？」

いい加減二人のノリにも慣れてきた伏黒である。

とにかく施設内は遊べるものが多く、虎杖と釘崎はほっといても何か玩具《おもちゃ》を見つけて盛り上がるだろう。

その間、はたして何をして暇を潰そうかと、伏黒は店内アミューズメントの案内に視線を向ける。

　ゲームコーナーはそれなりに充実しているようだったが、変な対戦ゲームでも見つけられたらまた面倒そうだな、などと考える。以前、秋葉原《あきはばら》で虎杖に付き合わされたゲームは苦行もいいところだった。

　まぁ、ここはスポーツ施設が充実しているのだし、虎杖も釘崎もどちらかといえば活動的。ここでわざわざゲームに興味を向けもしないだろう――と、思考を巡らせながら視線を向ければ、虎杖たちは既にアミューズメントの受付で騒いでいた。

「スゲーぞ釘崎、ここセグウェイ乗れる！」

「マジ？　東京って未来に生きてるわね」

「セグウェイって一般人が乗っていいやつなの？」

「ゴーカートに免許が要るかって話でしょ」

「なるほど」

「ここ逃したらたぶん一生乗る機会無いわよね、セグウェイ」

「だよな。『モール★コップ』ごっこ出来んじゃん」

「だから何よその映画知らないわよ」

「映画って分かってんじゃん。あ、ボード型セグウェイってやつもいいな。『バック・トゥ・ザ・フューチャー』みたいで」

「アンタほんと深刻だからねその感じ。数か月も映画以外の娯楽奪われるとこういうノリになんの？」

「伏黒はどっち乗る？　セグウェイ」

「伏黒は普通のセグウェイのほうがいいんじゃないかしら、画的に面白くて」

「ああ、確かに見たいわ。いい姿勢でセグウェイする伏黒」

「でしょ？　絶対似合うから。逆に」

「…………」

数秒経ってから、伏黒は「ああ、俺も乗ることになってんのか」と現実を認識し、他の暇つぶしを探すことを諦めた。

どちらか片方ならともかく、虎杖と釘崎がそろっているのでは敵《かな》わない。


「ちょっとこれ勝手に曲がるんだけど！」

「力抜くんだよ！　体重かけるといちいち曲がるんだって！」

「力みなくして速さは求められないでしょ！」

「誰の理論だよ！」

「アイルトン・セナだよ！」

「デタラメだろ！　セグウェイ乗らねぇよセナ！」

——なるほど、慣れないと結構難しい乗り物である。

ペンギンの子供のような姿勢で、ハンドルのないタイプのスケート型セグウェイに乗る釘崎を、虎杖がいちいち構っている。

スケートやスケボーともまた勝手が違うので無理もない。

むしろ一発で乗りこなせている虎杖が、相変わらずの運動神経お化けと言えるだろう。

素直にインストラクターをつけてもらえば良かったのではないか。伏黒はそう考えたが、今更伝えてもしょうがない。

伏黒はコースの端を滑りながら、はしゃぐ二人の様子を若干遠巻きに眺めていた。

近づくと釘崎がぶつかってきそうな気がしたし、強がりからよく分からないことを言われそうな気がしたし、重油まみれのカモメとは何なのか未《いま》だ気になっていた。

「ずっと騒いでんなコイツら」

よくもテンションが尽きないものだと感心する。

正直なところ、虎杖と釘崎はノリが嚙《か》み合うのだと伏黒は思う。

以前「オマエら仲良いよな」と漏らしたところ、釘崎がすごい顔で「は？」とだけ言ってきたので、それ以来口にはしていない。

〝イタ〟と〝クギ〟だから相性が良いのか、と思ったこともあるが、そうなると自分が〝フシ〟なのが鬱陶しい弄《いじ》られ方をしそうなので考えるのをやめた。

それはそれとして。

「……見慣れてるはずだろ」

虎杖と釘崎が騒ぐのをじっと眺めていると、伏黒は随分懐かしい光景を見ている気になった。

いや、実際久しいのだ。

虎杖が〝宿儺《すくな》の指〟を飲みこんだのが六月のこと。

それから釘崎が東京校にやってきて、虎杖を交えて過ごしたのがせいぜい二週間。

一年生が三人そろっていたのは、たったのそれだけ。会っていない期間の方が、ずっとずっと長い。

虎杖が〝死んで〟からの二か月近くを、伏黒も釘崎も、〝欠けたもの〟を見つめながら過ごしてきた。

仲間が死ぬ。

それ自体は、呪術師として生きていれば珍しいことではない。呪いに殺される。呪詛師《じゅそし》に殺される。犠牲を数えてもきりがない。

だからと言って、まったく平気なわけではない。

当事者にとって――虎杖にはまらないことだが、普通――死は経験した瞬間に終わるものだ。

しかし周囲の人間にとっては、近い人間の死は始まりに過ぎない。

直後に心が激痛を感じても、他者の死のショックは本来、長引く鈍痛のように経過していく。遺言でも残されようものなら、その後の人生に抜けない棘《とげ》となる。

伏黒と釘崎の場合も例には漏れない。

空《から》になった寮の部屋。

並んで歩く時、自然と空くスペース。

ふと話しかけようとして、視線を向けた先にある虚空。

朝起きて、日々を過ごして、眠りについて、そんな何気ない日常の中で、少しずつ染みこむように〝もう居ない〟という現実がやってくる。

頭をいくら切り替えようと、友人が死んだ過去も、自分たちの力が足りなかった過去も変わらない。いかに修練を重ね、かつての自分を越えたとしても、あの日、あの時救えなかったという結果だけは、常に在る。

それでも少しずつ、割り切って、踏み越えて、何度も何度も悔やんで悔やんで、ようやく死者を過去にしていく。

そんな時間を、伏黒も、釘崎も乗り越えてきた。

それが――ふっと悪い夢が覚めるように、虎杖が返ってきた。

呪いの王、両面宿儺《りょうめん》のやることだ。

伏黒は宿儺と相対《あいたい》した時に、反転術式《はんてんじゅつしき》が使えることも知った。器《うつわ》の蘇生《そせい》くらいやってのけても、不思議に思うことはない。

それでも、死んだはずの者がここにいて、救えなかった人が笑っている。

当然、嬉しくもある。

半面、まだ戸惑いもある。

伏黒の価値基準で言えば、虎杖は善人だ。

善人にも平等に不幸と死が降りかかる。だが、そんな数多《あまた》の理不尽が世界にあるなら、奇跡のような救いがあったって悪くはないと思う。

ただ、まだ現実感がない。

心の根っこに、納得がない。

「どったの伏黒、難しい顔して」

ボード型セグウェイに乗った虎杖が、すっかり乗りこなした様子でやってきた。肩越しに背後を見れば、まだ釘崎は操縦に苦戦しているらしい。

「別に。それよりいつまで乗ってんだよこれ」

「そろそろ降りるよ。やっぱ人気だから時間制限あるらしいぜ。次何乗る？」

「乗り物しか選択肢ねぇのか」

「トランポリンやる？」

「俺にやらせて面白そうなの選んでるだろ」

「バレた？」

屈託のない顔で、虎杖が笑う。

一目見れば人柄が分かる、善良な人間が浮かべる笑顔。

けれど、以前とはどこか違う。

帰ってきてからの虎杖は時折、ひどく悲しい顔をする。

笑う瞳《ひとみ》のその奥が、涙に蓋をしたように揺らめいていて、事切れる前に見せた、今際《いまわ》の笑顔によく似ている。

この二か月、〝何かがあった〟ことは伏黒にも分かる。詳しい経緯《いきさつ》は聞いていない。けれど恐らくは、己の死も、誰かの死も見つめたのだろう。呪術に深く浸かるほど、曇りない笑顔は出来なくなる。帰ってきた虎杖は、確かに以前よりも呪術師になった。

それが伏黒には、少しだけ切ない。

◇

「戦え。戦って勝ちたい」

「戦闘民族かよ」

球技コーナーを親指で指す釘崎に、虎杖はつい素直にリアクションした。

「そもそも交流会の特訓しようっつったのはアンタでしょ。こういう体力とか技術で白黒つけるやつやんないと」

「それもそうか」

「そういや虎杖、アンタ運動神経すごいけど部活何やってたの？」

「オカ研」

「オカ……何？」

「心霊現象研究会《オカルト》。居心地よかったんだよ。俺たちと同じで、三人しかいなかったけど」

「ふうん。じゃあいい部活だったのね」

――そういや先輩たち、元気でやってるかな。ふと虎杖の頭を思い出がよぎる。

前の学校を出てきてからまだ半年も経っていない。

呪いを治療出来る人が派遣されたそうだから、井口《いぐち》先輩は無事だろうと信じている。

ただ、オカ研が二人になってしまったことは心残りだった。同好会の定員を割ってしまっている。

それに、怖い物好きなくせに怖がりな二人が、本物の恐怖を知ってしまった二人が、今もまだ怖い物を好きでいられるのかどうか――。

「何ボーっとしてんのよ。寝不足？」

「いや、なんでもない」

何かを振り払うように頭を揺らす虎杖を、釘崎はそれ以上追及しなかった。

「そ。せっかく競えるスポーツなら、なんか賭けた方が緊張感あるわよね」

「金はマズくね？」

「アンタ私をなんだと思ってんの」

虎杖の言葉はそういうボケだと分かっているので、釘崎は軽く呆れるだけのリアクションで返した。

「罰ゲームよ罰ゲーム。奢《おご》りはあんまり仲間内でやりたくないし、スコア一番低い奴が大声でモノマネでどう？」

「イイネ！」

一方、虎杖は二つ返事で釘崎の提案に乗ってしまった。この催し、おそらく自分も含まれているのだろうと思うと、伏黒は顔をしかめざるを得なかった。

「種目は選ばせてあげるわ」

「責任重大だな伏黒」

「なんで俺に振るんだよ」

とはいえ罰ゲームが嫌なことは確か。なら種目は選べた方がいい。

伏黒はスポーツコーナーの案内から、あまり運の要素が絡まず、専門的な技術でも差がつかなそうな物を選ぶことにした。

「じゃあバッティング」

「やっぱそう来るよな。野球やったばっかだし」

「京都校のピッチャー対策ね」

「ピッチングマシーンを本人だって認識するのやめてやれ」

まぁ無難なチョイスではあった。

野球は少なくとも、交流会で最低一回経験しているし、虎杖の尋常じゃない膂力《りょりょく》、持久力を加味しても技術でカバー出来る。

「俺一番がいいなぁ」

「虎杖、アンタは最後よ」

「選択権がないんですけど……」

「当たり前でしょ。私が一番打者。虎杖のバカ力でホームランにボーナス付けたら話になんないから、十五球の安打数勝負ね」

「俺にも選択権ないのかよ」

当然のように伏黒を無視しつつ、バットを手にしてバッターボックスに入る釘崎。

バットを垂直に立て、腕まくりのような仕草を行うあたり、形から入るタイプなのは交流会の時から明らかだった。

「見てなさい。東北《とうほく》のマーくん改め、和製の大谷翔平《おおたにしょうへい》とは私のことよ」

「大谷翔平は和製だろ」

「じゃあ東北の大谷翔平でいいわよ」

「大谷翔平も東北出身だろ」

「いちいち細かいわね」

虎杖のツッコミをよそに、打席に集中する釘崎。バットの先を揺らしつつ、投球に合わせてしっかりとタイミングをはかる。

「はいきたベストコース！」

キン、と小気味いい打球音が響く。

マシンが放ったストレートは、一球目からなかなかの快打でネットに吸いこまれる。

「釘崎、何気にバッティングうめぇな」

「当たり前でしょ。普段から金槌《かなづち》で空中の釘打ちまくってんのよ。ジャストミートしなきゃ釘曲がるっつーの」

「スゲー説得力」

実際、釘崎の動体視力とコントロールはかなりのものである。

捻《ね》じ伏せる気で設定されていた、京都校のスペアメカ丸《まる》……もといピッチングマシーンならいざ知らず、アミューズメント施設のストレートなどお手のものと言わんばかり。

マーくんや大谷翔平を自称しつつ、なぜか振り子打法であることが男子たちには気になったが、スコアが取れれば些細《ささい》なことだろう。

　ところが、三球目あたりから様子が変わってきた。

「は⁉」

　ピッチングマシーンが傾いたかと思えば、放たれた投球は釘崎の手前で、クン、と鋭く変化した。ストレートを想定していたバットは虚《むな》しく空《くう》を切る。

「ちょっと、アイツ魔球使ってくんの⁉」

「変化球な」

「ストレートの球速も変化してんじゃない！」

「最上級コースに設定したのオマエだろ」

　振り返る釘崎に、伏黒は淡々と事実を述べるだけ。

「おのれ京都校！　正々堂々直球勝負する気はないの⁉」

「あれメカ丸先輩関係ねぇだろ」

「くっそ見てろ！　ダルビッシュから見て盗んだ一本足打法が火を噴くわ！」

「ピッチャーばっかだな釘崎の野球」

「それ振り子打法だしな」

　虎杖と伏黒の冷静な指摘に惑わされることなく、釘崎は時折まじる変化球に翻弄されながらも奮闘。次第に変化球もチップし始める。

これには虎杖も、素直に感嘆の声を上げた。

「すげぇな釘崎、あれ野球部でもキツいんじゃねぇか？」

「パンダ先輩に訓練されてたのは効いてるかもな」

「パンダ先輩って変化球ピッチャーなの？」

伏黒の言葉に、野球チームのマスコットみたいになったパンダを思い浮かべる虎杖。伏黒は首を横に振ることすらしない。

「じゃなくて、型にハマらないスタイルだからな。対応力が磨かれんだよ」

「へー、そういうもん」

「俺たちもオマエがいない間に、戦闘訓練は飽きるほどやった。体力も眼力《がんりき》も思考力も鍛えられてんだろ」

「ああ……そっか」

虎杖はその言葉を咀嚼《そしゃく》するように、しみじみ頷《うなず》く。一方伏黒は、「それでも虎杖に追い越されたけどな」という言葉は飲みこんだ。

結局、その後も釘崎はそこそこに打ち、なんだかんだで十五球中五安打。うち一本はホームランコーナーへと打ちこんだ。

「どうよ虎杖。打率三割、本塁打一本、エースでしょ」

「ホームランは関係なしにしたのオマエだろ」

「うっさい！　ほら伏黒、次！」

「ん」

バットを渡された伏黒は、いまいちやる気無さそうにバッターボックスへ入る。

普段ならこの手の遊びは適当にやるが、正直言って、釘崎の成績はなかなかのものである。交流会でもホームランを飛ばしている虎杖が、釘崎を下回るのも考えにくい。

となると――罰ゲームが現実的になってきた。

伏黒の脳裏を、最悪の想定がよぎる。

モノマネ。大声で。いったい誰の？

言うまでもないが、伏黒はモノマネなどするタイプではない。

当然ネタなど持っていないし、似せる心当たりもない。何も思いつかねば、勝手に似てる芸能人を挙げられて無茶ぶりをされるだろうが、それも耐え難い。

かと言って、この手の遊びで負けておいてから「罰ゲームとかやってらんねぇ、パス」と言い出すのがどれほど〝ナシ〟であるかくらい、伏黒にだって分かる。

この状況、伏黒が想像していた以上に負けられない場面である。

だがしかし、

「……クソッ」

なかなかどうして、高難易度である。

空中の的を叩《たた》き慣れている釘崎が、それでも苦戦した速球と変化球のコンビネーション。

バットを振り始めた時点で、タイミングやコースがズレることが分かってしまい、消化不良なフォームで空振りする。

「これは罰ゲーム決まったわね」

「うるせぇ」

バットを握る手に力が籠る。

とはいえ、力めばいい成績が出るというものでもない。

野球は総合力のスポーツである。だが競技全体ならともかくとして、バッティングに限れば釘崎に分があることを伏黒は認め始めていた。

この際、運に任せて打ちやすいコースのストレートにだけ狙いを絞るべきか。そんな考えが頭を巡る。

ところが、何やら記憶が頭をよぎる。

――恵《めぐみ》、本気の出し方知らないでしょ。

数日前、五条に言われた言葉が、ここ最近の伏黒の脳裏に何度もフラッシュバックしていた。

だからって今出てくることないだろうに。

罰ゲームを避けたい一心で思い出すには、いくらなんでもあんまり過ぎる。

――恵、野球のメットめちゃくちゃ似合わないね。

これは交流会の休憩中に言われてイラっとした言葉だった。

野球をやっているせいか、そんな時の記憶まで浮かんでくる。

――恵、無人島に一つ持っていくとしたらどんなバランスボールがいい？

本当にどうでもいい記憶まで出てきた。

伏黒の脳裏でイマジナリー五条が止まらない。この場にいないのに鬱陶しいのはどういうことなのか。

そうしているうちに、伏黒はなんだか飛んでくる白球まで五条に見えてきた。「オマエはバッティングセンターでまで及第点狙いかよ」と煽《あお》られている気がした。

そういえば……最初に〝宿儺の指〟を回収に行った時、後で五条を殴ろう、と割と強めに怒っていたことを思い出した。

「お、伏黒のスイング、キレ良くなったな。思い切りがいいっつーか」

「でもなんか凄い顔してるわよ。ボール呪ってんじゃないの、アレ」

「これ釘崎の記録超えるんじゃね」

「クッ。送りバントが得意技だと思ってたのに、今まで実力を隠してたっていうの？」

「それスポーツマンガに出てくるライバル校っぽいな」

「誰がよ。勝手に私を乗り越えて人間的に成長すんなよ」

そういうわけで——コースに拘《こだわ》らず、とにかく来た球を打つ、と心がけた伏黒の成績は後半で伸び、十五打席で七安打。釘崎を上回った。

とりあえず罰ゲームは免れたことで胸をなでおろす伏黒。ついでに、ひたすら白球を打つのはそこそこストレス解消になることを知った。

「……っし」

「俺、伏黒がちっちゃくガッツポーズしてんの初めて見たんだけど。……そんなに罰ゲーム嫌？」

「たぶんモノマネのレパートリーが面白動物シリーズしかないんだわ」

「伏黒って動物のモノマネすんの？」

「よくやってんじゃないの、ほら」

「影絵はモノマネじゃねぇ」

手で影絵の犬を作る釘崎を見て、伏黒は思いっきり顔をしかめた。

「じゃあ最後は俺だな」

さて、真打《しんうち》登場である。

バッターボックスに立ってバットを構える虎杖は、ほどよく力が抜けた自然なフォーム
……ではなかった。力が抜け過ぎている。

力み過ぎも良い結果にはならないが、虎杖のそれはどちらかと言えばスイングにうまく力が伝わらないのではないか、と思える姿だった。

「なんの真似《まね》だそれ」

伏黒の問いかけに、虎杖は不敵に笑って見せる。

「成長したのはオマエらだけじゃねぇってことだ。俺も交流会で摑《つか》んだ物があんだよ」

「ああ、東堂《とうどう》に洗脳されてた時にね」

「洗脳っていうな。たぶん間違ってねぇけどなんか怖いから」

ゆるく握ったバットを振りながら、虎杖は自信満々に、そのフォームに名前を付けた。

「名付けて……黒閃打法《こくせんだほう》！」

「…………」

特級呪霊戦の顚末《てんまつ》は、伏黒も要所をかいつまんで聞いたが、虎杖の〝黒閃〟連続発生記録についてまでは知らない。

なので伏黒はシンプルに「七海《ななみ》さんに怒られねぇかなコイツ」と思うだけだった。


「っしゃあ！　アイアムナンバーワン！」

「なんであの適当なフォームで打てんのよ！」

なんだかんだと言って、十五打席中十二安打で虎杖は快勝した。

そもそも砲丸をピッチャー投げで三十メートル以上飛ばす男である。フォームがどうとかセオリーがどうとかは関係がなかった。

「ハイ釘崎、罰ゲ――――ム！」

「チッ、やりゃいいんでしょ！　やるわよ言い出しっぺだもの」

「で、なんのモノマネすんの」

「見て当てろ。そして私のメソッド演技に驚嘆しろ」

「そこにもゲーム性持ってくんの？」

釘崎は肩肘《かたひじ》を伸ばすようにストレッチを始める。

モノマネをするのにどこの筋肉を使うのか分からないし、たぶんバッティングの前にやった方がよかったんじゃないか、という意見を伏黒は黙っておく。

こほん、と小さく咳《せき》ばらいをすると、いよいよ釘崎が構えに入った。

「――虎杖さん、正気ですか？」

「ケンドーコバヤシが俺にさん付けする場面ってどんなだよ」

「は？　ケンコバに文句あんの？」

「ケンコバには文句言ってねぇよ！　つーかなんでそんな似てんだよ！」

やいのやいのと賑《にぎ》やかな虎杖たちに対し、伏黒は少々困るノリだった。女子がわざわざモノマネでこのチョイスしてくるのもアレだが、即反応出来る虎杖もどうかと思う。

「仕方ねぇ、俺が手本ってやつを見せてやる」

「オマエもやんのかよ」

続いてストレッチを始めた虎杖に眉《まゆ》をひそめる伏黒。

単なるモノマネ大会の様相を呈してきているが、罰ゲームとはいったい何だったのだろうか。それとモノマネをする前に筋肉をほぐすのは、どこかの世界の常識なのだろうか。

伏黒の困惑は尽きない。

虎杖はもったいつけて深呼吸してから、やっと芸に入った。

「――今日は休め！」

「だから映画ネタやめろっての！」

「伝わってんじゃねえか！」

「なんでシュワちゃんやるにしてもそのシーンなのよ！」

やいのやいのと盛り上がる二人を尻目に、伏黒はさりげなく自販機の方へと歩いていく。

そのままだと、結局はいずれ自分もモノマネをする流れに巻きこまれそうだった。


それから、どの程度遊んだろうか。

卓球ではかなり虎杖に食らいついた釘崎が、スカッシュではストレート負けして悔しがったり、ビリヤードをやってみたが全員ルールが曖昧で、知恵を出し合った結果まったく知らない謎の競技が出来あがったり。

外が随分と暗くなってきたころ、流石にそろそろ一息つこうということで、フードコートに腰を落ちつけた。

アイスコーヒーを啜《すす》りながら座っている伏黒のもとへ、釘崎がタピオカドリンクを持って帰ってくる。

この飲み物はいつまで流行《はや》るのだろう、と伏黒は少々疑問に思う。

「虎杖は？」

「たこ焼き出来るの待ってる」

伏黒の斜め向かいに、釘崎が腰を下ろす。

「何よ、アンニュイな顔して」

「別に」

「あっそ」

スマホを弄《いじ》る釘崎に、視線を伏せる伏黒。

店内の喧騒《けんそう》は相変わらずだが、テーブルを挟んだ二人の空間には、静けさが漂っている気がした。

別に仲が悪いわけでも、気まずいわけでもない。

この二か月間は伏黒と釘崎の二人だけで、東京校の一年生として過ごしてきたのだ。むしろ無言の時間が苦にならない程度に、打ち解けたと言っていい。

ただ、やはり場を賑やかにするのは虎杖なのだろう。

伏黒は、フードカウンターの方にいる虎杖の背を見やる。そう言えば、小腹が空いてきたと言い出したのは虎杖だった。

ふと、伏黒は気づいたように、顔を上げた。

「釘崎」

「なに？」

「今日ずっと〝虎杖のやりたいこと〟聞いてたか」

「サメ映画は流石にパスしたけどね」

釘崎は特に否定するでもなく、頰杖《ほおづえ》をついて細く息を吐いた。

「あの虎杖《バカ》バレバレなのよ、居ない間になんかあったって。でも馬鹿は馬鹿らしく能天気に騒ぐぐらいでちょうどいいでしょ」

伏黒も感じていたことを、釘崎も当然察していた。

けれど、釘崎は虎杖の変化に戸惑うよりも、気遣う方を選んだ。釘崎は豪快な性格に見えるが、心の機微にも敏《さと》い。それを伏黒は実感した。

「アンタが戸惑ってんのもバレバレだったわよ」

「……そう見えたか」

言われて、伏黒は少しバツが悪そうに眉をひそめる。

男って割と繊細よね、と言いたげに、釘崎は口をへの字にした。

「勝手に死んで勝手に生き返って……私も最初はムカついたし、文句も言いたくなったけど、気にしてもしょうがないじゃない。誰かが死んだら受け入れなきゃならないのと同じで、生きてたら生きてたで受け入れんのよ」

そう言って、釘崎は虎杖のいる方を、顎《あご》でしゃくってみせる。

「アイツが生きてここにいる。それ以上の理屈が他に要る？」

「……いや」

釘崎の言う通りだと、伏黒は薄く笑った。

虎杖が生きていても、かつて弱かった自分も、虎杖が犠牲になった過去も、消えるわけではない。けれど後悔も困惑も、今、確かにある現実には敵わない。

虎杖が今、ここにいる。

その現実を喜んではいけない理由など、ありはしない。

「おまたせー、何の話してんの？」

明るい声とともに、ソースの香りが二人に届く。

伏黒と釘崎は二人そろって、虎杖へと視線を向ける。当の虎杖は、不思議そうにきょとんと首をかしげた。

「俺の顔、なんかついてる？」

「相変わらずアホ面だなって思ってただけよ」

「急に酷くね？」

「たこ焼き貰うわね」

「俺も」

ぱちぱちとテーブルに硬貨を置きながら、それぞれ爪楊枝《つまようじ》をとる伏黒と釘崎。随分運動したせいか、思いのほか小腹が空いていて、食べ物に伸びる手は早かった。

「あ、ちょっと」

ところが、虎杖は慌てた様子で声をかける。釘崎はソースがいい感じにかかったのを探して手を迷わせていたものの、伏黒は既に一個口にしていた。

「なによ。人数分爪楊枝つけてきたってことは分けるつもりだったんでしょ？」

「これロシアンたこ焼きなんだよ」

「どれか一個にカラシめっちゃ入ってるやつ？」

「やつ」

二人そろって伏黒の方を見る。

無言だが、凄い勢いでアイスコーヒーを口にする伏黒を見て、既にこのたこ焼きがゲーム性を失ったことを察した。

「ありがと伏黒。これで安心して食べられるわ」

「喧嘩《けんか》売ってんのか」

「悪い伏黒、たこ焼きこれしか売ってなくて」

なんでよりによってこれを買ってくるのか、と文句を言いたい気持ちもある伏黒だったが、止められる前に食べたのは確かなので強くは言えない。

そんな様子をさも面白そうに眺めながら、釘崎は安心して別のたこ焼きを頬張った。

「で、この後どうする？　タコ焼きつまんじゃったし、晩御飯には早いわよね」

「んー、そうだな」

アイスコーヒーで舌を冷やしながら、伏黒は釘崎を見る。虎杖に好きなことをさせる、という意図が分かった今、特に口を挟むこともない。

虎杖は少し考えて、自分もたこ焼きをつまむ。

ソースの味に舌鼓を打って、喉を鳴らしてから、釘崎に応えた。

「そろそろ、釘崎と伏黒のやりたいことしたいかな」

さらりと言う虎杖に、釘崎は一瞬、伏黒と目を見合わせる。

そして思い出す。虎杖は見た目能天気で、ちょっとやそっとの細かさは気にしないようでいて、決して鈍い男ではない。

釘崎は、「しょうがないわね」と言わんばかりに肩を竦《すく》めて、笑った。

「っし、じゃあそろそろカラオケ行くか！」

「よっしゃ。今から入ったら夕飯時になるかな。カラオケで飯食っちゃうのもいいな」

「アンタよくカラオケのフードで満足出来るわね」

「すげー美味《うま》いわけじゃないけど独特の味わいがあんだよ。伏黒、ゆず歌おうぜ、ゆず」

「なんでデュエット前提なんだよ」

フードコートの一角に、賑やかさが満ちていく。

特別な言葉はもう交わさない。「おかえり」も「ただいま」も、もう要らない。

いつも通りと呼びたくなる、何気ない日。けれどそれは常に、昨日とは違う今日。

明日は誰かが欠けるかもしれない。

明日は同じ笑顔にはなれないかもしれない。

けれど、少なくとも今この瞬間は、くだらない冗談を交わし合う。呪われた世界の片隅で、若人たちは束の間を青春する。

いつか辿《たど》りつくどこかの終わりが、正しい死であるかは分からない。

けれど険しく歩む道程の中、寄り道のような散歩があってもいい。

ニシミヤ
モモ
2014.12.1

■初出
呪術廻戦　夜明けのいばら道　書き下ろし

[呪術廻戦] 夜明けのいばら道

2020年1月9日　第1刷発行
2021年6月26日　第12刷発行

著　者／芥見下々 ◉ 北國ばらっど

装　丁／石野竜生 [Freiheit]

編集協力／中本良之　株式会社ナート

編集人／千葉佳余

発行者／北畠輝幸

発行所／株式会社　集英社

〒101-8050　東京都千代田区一ツ橋 2-5-10
TEL　03-3230-6297(編集部)
03-3230-6080(読者係)
03-3230-6393(販売部・書店専用)

印刷所／図書印刷株式会社

Printed in Japan　ISBN978-4-08-703492-9　C0293

JUMP j BOOKS：http://j-books.shueisha.co.jp/

本書のご意見・ご感想はこちらまで！

http://j-books.shueisha.co.jp/enquete/